살리는 맛

살리는 맛

식탁과 세상을 연결하는 비건 살림의 세계로 초대합니다

초판 1쇄 펴낸날 2023년 6월 23일

지은이 이라영, 전범선
펴낸이 이건복
펴낸곳 도서출판 동녘

책임편집 김혜윤
편집 구형민 김다정 이지원 홍주은
디자인 김태호
마케팅 임세현
관리 서숙희 이주원

등록 제311-1980-01호 1980년 3월 25일
주소 (10881) 경기도 파주시 회동길 77-26
전화 영업 031-955-3000 편집 031-955-3005 전송 031-955-3009
홈페이지 www.dongnyok.com **전자우편** editor@dongnyok.com
페이스북·인스타그램 @dongnyokpub
인쇄 새한문화사 **라미네이팅** 북웨어 **종이** 한서지업사

ⓒ 이라영·전범선, 2023
ISBN 978-89-7297-091-0 (04810)
ISBN 978-89-7297-027-9 (세트)

살
리
는
맛

이라영 ✳ 전범선

식탁과 세상을 연결하는
비건 살림의 세계로 초대합니다

동녘

표지 설명

표지에 전체적으로 연두색 배경이 깔려 있다. 가장 위 왼쪽에 세로쓰기로 이 책의 제목, 《살리는 맛》이 쓰여 있다. 상단 가운데에 주황색 소매 아래로 누군가의 손이 보인다. 그 손은 주황색 장바구니의 손잡이를 쥐고 있다. 아래로 늘어진 장바구니에는 빨간색 토마토, 주황색 당근, 갈색 버섯, 보라색 가지, 초록색 강낭콩과 파 그리고 푸른 지구가 담겨 있다. 왼쪽 하단에 이 책의 부제인 "식탁과 세상을 연결하는 비건 살림의 세계로 초대합니다"가 쓰여 있다.

–

표지 디자인은 기본적으로 시각디자인입니다. 그래서 시력이 나쁘거나, 시각장애가 있는 사람들 중에는 표지 디자인을 충분히 느끼지 못하는 이들이 있습니다. 동녘은 맞불 시리즈의 전권에 이 같은 표지 설명을 적어둠으로써 각 책이 전자책이나 오디오북 등으로 만들어졌을 때, 표지 디자인을 시각 외의 감각으로도 전달하고자 합니다. 동녘은 앞으로도 책을 사랑하는 모든 이의 더 평등하고 쾌적한 독서 경험을 위해 노력하겠습니다.

프롤로그
먹히는 존재와 먹지 못하는 존재

이라영

"저는 살아서 돌아다니는 사람들의 편지와 일기는 안 읽어요."

편지 형식의 책을 내자고 제안받았을 때 내가 편집자에게 한 말이다. 이미 세상을 떠난 사람들의 일기와 편지는 흥미롭지만, 말 그대로 '살아서 돌아다니는' 사람들의 편지와 일기는 굳이 찾아서 읽지 않는다. 오히려 피한다. 일기는 가장 사적인 글이고 편지는 사적이면서 두 사람의 관계가 담긴 글이다. 남의 사적 영역을 훔쳐보는 듯해서 불편하다. 내가 읽지 않는 형식의 글을 내가 쓴다니? 어색했다. 게다가 출간될 줄 알고 쓰는 편지는 사적인가, 공적인가. 사적인 척하는 공적인 글이 아닐까? '위장된' 형식에 부담을 느껴 망설였다. 그 편지의 수신자는 정확히 누구인가.

이렇게 의구심이 뭉게뭉게 피어나는데 내 책꽂이에 뤼스 이리가레Luce Irigaray와 마이클 마더Michael Marder가 쓴 《식물의 사유》가 있는 게 아닌가. 두 사람이 식물에 대해 서신으로 나눈 대화를 정리한 책이다. '살아서 돌아다니는' 사람들의 편지는 안 읽는다고 말했는데, 멀쩡히 살아 있는 사람들의 편지를 이미 읽고 있었다. 나는 《식물의 사유》를 '편지'가 아니라, 같은 주제로 두 사람이 생각을 나눈 공저로 인식했다. 어쩌면 편지 형식의 책에 대해 내가 좁은 틀에서 바라봤는지도 모른다.

형식과 내용은 분리되기 어렵다고 생각한다. 다른 형식은 필연적으로 다른 내용을 견인한다. 해보지 않은 형식으로 글을 써보는 게 좋겠다는 생각이 들었다. 편지는 내가 저자이며 독자다. 더구나 비건에 대해 적극적으로 앞장서서 목소리 내는 전범선 작가와 생각을 교환하며 배울 내용도 많으리라는 기대가 생겼다. 공교롭게도 범선 작가와는 관련 주제로 여러 자리에서 만난 적이 있어 낯설지 않았다.

무엇보다 책의 내용을 미리 구성하기 어렵다는 점 때문에 '도전'하고 싶은 마음이 생겼다. 상대의 반응을 예측하기 어렵고, 답장에 따라 나의 방향도 달라질 것이다. 차례를 짜는 게 처음부터 불가능하다. 계획하고, 준비하는 성격인 나와 맞지 않는다. 나와 맞지 않아서 내가 더 나아질지도 모른다.

결과적으로는, 1년간 열두 통의 편지를 나누며 기대했던 것보다 더 즐거웠다. 범선 작가의 답장을 받으면 그때그때 할 말이 생겼다. 예상치 못한 개인적 사정이 생기기도 했다. 계획을 짤 수 없는 원고(편지)를 쓰며 나는 딱 한 가지만 계획했다. 계절을 따라가자.

형식적 고민 외에 또 다른 고민은 비건이라는 주제에 대한 자기검열이었다. 관련 주제로 글을 쓰거나 말을 할 기회가 생기지만 번번이 고사한다. 기후위기와 동물권에 관심을 갖고 일상에서 조금이라도 실천하려고 애쓰지만, 과연 공적으로 발언할 자격이 있을까? 너무 많이 말하고 있는 것은 아닐까? 내 말이 내 행동을 초과한다는 생각을 지울 수 없다. 내가 비건으로 인식될 때마다 "저는 비건은 아니고요"라는 말을 수없이 반복했다. 매일 아침 반숙 계란을 하나씩 먹는다. 가끔씩 해산물을, 상황에 따라 치즈나 버터가 들어간 빵을 먹는다. 누군가 준비한 다과를 안 먹는 게 더 어려워서다. 냉면과 막국수를 좋아해 여름마다 먹는다. 동치미 막국수에도 고기 한 점은 올라가 있기 마련이다. 이렇게 써놓고 보니 꽤 이것저것 많이 먹는 걸로 보인다. 그런데 내가 비건을 주제로 글을 써도 되나? 나는 또 줄줄이 읊어댄다. 그러면서 알게 된다. 내가 무엇을 먹고 무엇을 안 먹으려고 애쓰는지 말하는 것만으로도 이미 정치적 상황이 되어버린다는 사실을. '나 한 사람 때문에' 식당을 더 조심해서 골라야 하고, 주문하는 메뉴가 달라지는 상황을 내가 만들어내고 있으며, 나는 덜 미안해하는 훈련을 해야 한다는 사실을.

나는 여전히 출간이 두렵다. 시간이 흐르면서 나도 꾸준히 변하고 있어 글을 쓰는 게 부담스럽다. 나중에 되돌아보면 부끄러운 흔적을 남기는 것이 아닌가 싶어서다. 한편으로는 변화의 과정이 글에 담겨 있어 흥미롭다. 《정치적인 식탁》을 쓸 때의 나, 《비거닝》에 참여할 때의 나, 그리고 이 편지를 나눌 때의 나는 조금씩 다르다. 심지어 이 편지글을 마무리한 뒤에도 달라졌다. 앞으로 또 어디로 갈지 알 수 없다.

나는 우리가 모두 비건이 되어야 한다고 생각하지 않는다. 다만 인간이 이렇게 먹어도 되는가, 이렇게 소비하며 살아도 되는가, 이렇게 죽이며 살아도 되는가를 질문한다. "왜 먹는가, 무엇을 먹는가, 누가 먹는가, 어떻게 먹는가"라는 무수한 질문 속에서 찾게 되는 건 맛보다는 정치다. 먹거리는 자연과 인간의 피, 땀, 눈물로 만들어진다.

비건을 지향하기에는 현실적으로 여러 제약이 따른다. 그렇지만 '현실적으로' 어려움이 많으니까 비건 지향을 포기하기보다는 그 현실의 제약 안에서 지속할 수 있는 동력을 찾으려 한다. 나아가 그 현실에 대해 묻고 싶다. 만약 세상이 비건 지향에 관대하다면, 음식에 대한 호기심이 넘치는 나는 적어도 먹는 것에 있어서는 지금보다 더 느슨해졌을지도 모른다. 그러나 내가 마주한 세상은 전혀 그렇지 않았다. 엄격한 비건도 아니고 단지 고기를 안 먹는 정도만으로도 식탁에서 불편한 상황을 겪는 친구들을 하나둘 만나면서 점차 나도 그들 곁으로 이동했다. 그들이 자꾸 부당한 말을 들어야 하는 상황이 불편했다. 다시 말해 나는 기후위기나 동물권 같은 굵직한 정치적 사안 때문만이 아니라 고기를 먹지 않는 사람들이 부당하게 비난받는 상황을 도저히 봐줄 수 없어서 그저 내 입 하나를 이동시켰을 뿐이다. 눈치 보게 만드는 권력에 가담하고 싶지 않아서.

익숙한 방식에서 벗어나려는 사람들, 질문하는 사람들에게 세상은 과도하게 공격적이다. 채식주의자, 환경운동가, 동물권 활동가에 대해 부정적 편견을 늘어놓는 사람들의 태도에서 페미니스트를 비난하는 목소리와 매우 유사한 점을 발견한다. 비난하기 위해 왜곡한다. "나도 동물권에 관심 있지만 동물권 활동가들이 너무 과격해서 싫다", "나도 환경에 관심 있지만 환경운동가들이 너무 공격적이라 싫다"는 말은 "나도 여성 인권에 관심 있지만 페미니스트들이 너무 과격해서 싫다"는 말과 일치한다. 장애인 인권을 지지하지만 왜 '우리' 출근 시간에 방해하냐는 말을 무한 반복하는 목소리와 다르지 않다. 이 모든 '공격'에는 공통점이 있다. "나는 불편하게 하지 말라!" 불편하지 않은 운동은 없다. 누구의 불편을 사유할 것인지 누구의 불편에 내 목소리를 실을 것인지가 중요하다.

2022년 한국인의 육류 소비량은 1인당 58킬로그램으로, 56킬로그램인 쌀 소비량을 넘어섰다. 주식이 쌀이 아니라 고기가 되었다고 해도 과장이 아닌 시대가 도래했다. 한편 취약계층은 고기와 과일을 먹지 못한다. 먹는 사람, 먹지 않는 사람, 먹지 못하는 사람 간의 입장 차이는 복잡하게 얽혀 있다. 분명한 사실은, 우리가 지금처럼 먹고 살아서는 안 된다는 것이다. 내가 지향하는 비건은 궁극적으로 착취의 최소화다. 완벽하게 착취하지 않는 삶의 가능성은 차마 말하기 어렵지만, 최소화할 수는 있을 것이다.

미디어에는 다양한 방식의 먹기가 넘쳐흐른다. 먹는 문제는 치열한 정치의 장이 되어야 마땅하지만 점점 자극적인 쾌락의 장으로 변질되고 있다. ASMR의 범람이 그 예다. 먹기는 곧 '자율 감각 쾌감 반응Autonomous Sensory Meridian Response'을 이끌어내는 활동으로 그려진다. 후각과 미각을 전달할 수 없으니 시청각을 통해 맛을 표현하기 위해 먹는 행위 하나하나에 과장이 필요하다. 고기 부위를 읊어대며 붉은 살을 카메라 가까이 들이대는 모습이 괴이하지만 이런 현상은 줄어들 기미가 보이지 않는다. 먹기의 예능화는 경쟁적으로 먹는 사람들을 보여준다. 그야말로 먹기에 환장하는 사회다. 이 세상에 안 먹어본 것이 없을 때까지 도전하는 것처럼 보인다. 착취를 쾌락적으로 즐기는 예능의 범람을 매우 위험하게 지켜본다. 맛을 표현하려고 애쓰는 마음만큼이나 고통을 표현하려는 마음이 힘을 얻었으면 좋겠다. 먹히는 존재와 먹지 못하는 존재에게로 관심을 이동시킬 필요가 있다. 나보다 강한 존재를 향한 인정 욕구보다 나보다 약한 존재를 향한 죄의식이 공동체를 지탱한다고 믿는다.

　　오늘날 너도나도 기후위기를 말하지만 정작 우리 생활은 달라지는 게 거의 없다. 에너지 사용량, 식습관, 이동 방식, 여가활동 등에서 아무것도 바뀌지 않았다. 정치인들은 누구와 어디서 뭘 먹는지 전시하는 식사 정치를 할 게 아니라, 식량위기에 대응할 정책을 강구해야 한다. 나는 육식과 성차별적 문화가 연동한다고 생각한다. 여성가족부 폐지를 외치며 기후위기 대응에 게으른 정부의 태도는 우연이 아니다. 여전히 경쟁과 성장, 발전과 이윤에 가치를 두고 강한 자들의 인정을 갈구한다.

　　살림의 흔적이 없는 생각보다, 생활밀착형 담론을 좋아한다. 인정받지 못하며 경제활동으로 취급되지 않는 살림이 가진 철학. 계절을 따라가며 그때그때 해 먹은 음식들을 편지에 담았다. 인정할 수밖에 없는 씁쓸한 진실이 있다. 쉽고 빨리 만들 수 있으면서 맛있고 건강하며 돈도 덜 들고 쓰레기도 덜 나오고 에너지도 적게 쓰는 요리는 없다는 사실이다. 요리뿐만 아니라 생활에서도 내 몸이 편한 동시에 지구도 편하기란 어렵다. 그런 면에서 내가 생각하는 비건 실천은 내 몸을 많이 쓰는 일이다. 타자를 조금이라도 덜 착취하려면 내가 움직여야 한다. 그러려면 생계 노동 시간이 그만큼 줄어야 한다. 하루 종일 생계 노동에 시달리며 건강한 밥까지 챙겨 먹기는 현실적으로 어렵다.

코로나로 식당 출입이 어려웠던 때에도 배달 음식을 거의 먹지 않았다. 내가 집에서 음식을 만들기 위해 조금이라도 시간을 쓸 수 있는 것은 함께 사는 배우자도 집안일을 하기 때문이다. 또한 지방에 사는 부모님의 텃밭에서 먹거리를 많이 공수받았다. 누군가의 노동으로 싱싱한 먹거리를 쉽게 얻을 수 있었다. 유기농은 손발노동의 산물이다.

한 가지 밝혀두자면, 서신 교환을 모두 마친 뒤 내게 문제가 생겼다. 록산 게이Roxane Gay는 《헝거》에서 빈혈 때문에 채식을 그만두었다고 했다. 그 책을 읽을 때만 해도 그게 내 이야기가 될 줄은 몰랐다. 건강검진에서 빈혈이 발견되었다. 챙긴다고 챙겼는데 그래도 부족했을까? 상황이 썩 좋지 않았다. 극도의 피로감을 느꼈지만 빈혈 때문인 줄은 몰랐다. 철분보충제를 처방받았다. 의사와 면담하면서 나는 3년 이상 채식을 했다고 말했다. 담당 의사는 이렇게 말했다. "몸에 철분이 하나도 없어요. 이유가 뭐다? 이게 다 채식 때문이다." 그러면서 선지를 먹으란다. 진료에 참고하라고 말한 것인데 모든 게 다 채식 때문이 되어버렸다. 난감했다. 고기를 먹던 20대 때도 나는 빈혈 진단을 받은 적 있다. 혼란스러웠다. 극심한 피로로 마음이 급해진 나는 한동안 '채식 해지'를 외치며 이것저것 먹었다. 그런데 내 입과 위장이 그다지 즐거워하지 않았다. 나도 그럴 줄은 몰랐다. 다시 채식으로 돌아갔다. 시뻘건 비트를 부지런히 먹었다. 여전히 모순과 부족함 속에서 나는 우왕좌왕한다. 답은 모르겠지만 새로운 답을 계속 찾아가는 '비거닝' 상태다.

지난 1년간 나와 성실하게 서신을 나눈 전범선 작가에게 진심으로 고마움을 표한다. 평소에 내가 나눌 기회가 적은 음악 이야기를 듣는 게 새로웠다. 편지는 관계의 예술이라고 생각해왔다. 우리의 서신 교환이 의미 있는 책으로 잘 직조되길 바란다. 안전하게 말을 나눌 수 있다는 건 커다란 기쁨이며 행운이다. 우리의 이러한 관계처럼 모두가 타자와 안전하게 교류하고 교감할 수는 없을까? 어떻게 하면 이 폭력적인 착취의 구조를 바꿀 수 있을까? 들기름에 구운 고소한 초당 두부를 씹으며 여전히 고민한다.

차례

1장

연결과 관계

지역 특산물과 제철음식이
포장되는 세상에서

이라영

메밀꽃 피는 계절, 전범선 작가님께

2020년 4월 9일에 우리가 처음 만났을 때만 해도 그 후로 지속적으로 연락을 주고받을 일이 생기리라고는 생각하지 못했습니다. 그때 우리는 이태원의 한 비건 식당에서 저녁 식사를 했지요. 당시 저는 〈식사〉라는 공연을 준비 중이었습니다. 먹는 것과 관련해 여러 주제를 고민하던 우리 공연팀은 다양한 사람들을 만나 각자의 '식사'에 대한 이야기를 들었지요. 그중 '비건'에 대한 화두에 어떻게 접근할까 고민하다가 전범선 작가님을 하루 초대하기로 했어요. 비건 식당에서 우리는 작가님과 모였고, 그날 유쾌한 이야기들을 나눴어요.

음식을 함께 먹는 자리에는 필연적으로 말이 섞이지요. 그 자리는 말 그대로 먹으면서 먹는 이야기를 나누는 것이 목적이었답니다. 그날 저의 일기에는 작가님과 두 시간 동안 쉬지 않고 이야기해서 아주 즐거웠다고 적혀 있네요! 대부분 육식을 하는 사람들과 둘러앉아 '남의 살'이 전혀 없는 식사를 하며 말을 나누었지요. 저는 그날 메밀국수를 먹었습니다. 작가님은 닭(처럼 보이는) 요리를 먹었던가요? 미국에서 대나무로 연출한 '닭뼈'에 닭고기 맛이 나는 식물성 '고기'를 붙인 음식을 먹으며 '내가 이렇게까지 해야 하나'라는 생각이 들었다고 말씀하신 기억이 납니다.

우리가 다시 만났을 때 작가님은 완전히 다른 모습이 되어 있더군요. 수염은 없어지고 대신 앞머리가 예쁘게 내려져 있었어요. 작가님이 쓴 《해방촌의 채식주의자》를 읽었습니다. 서울 생활의 어려움을 이야기하던 대목에서 "막국수가 먹고 싶었다"는 문장을 보고 무척 반가웠습니다. 작가님이 강원도 사람이기에, 그 '막국수'가 어떤 막국수를 뜻하는지 알기 때문이죠. 어떤 사람들은 족발이나 보쌈을 먹을 때 나오는 쟁반국수를 떠올리기도 하거든요. 고기를 먹은 뒤 후식처럼 곁들여 먹는 음식 정도로 생각하지요. 저도 강원도를 벗어나면 막국수를 먹고 싶은 그 마음이 해소되지 않는답니다. 그러고 보니 우리는 모두 강원도의 막국수를 좋아한다는 공통점이 있어요. 물론 춘천 출신인 작가님에게 익숙한 막국수와 강릉 출신인 제가 좋아하는 막국수는 다소 차이가 있지만요.

　　춘천 사람이었던 김유정의 단편 〈산골 나그네〉에 나오는 '국수'가 바로 강원도의 막국수지요. "한편에서는 국수를 누른다. 잔치 보러 온 아낙네들은 국수 그릇을 얼른 받아서 후룩후룩 들여 마시며 색시 잘났다고 추었다." '누른다'는 표현에서 메밀 반죽을 눌러 먹는 국수임을 알 수 있어요. 메밀 반죽을 나무로 된 국수틀에 눌러 면을 뽑아 만들어 먹는 막국수. 메밀면에 동치미 국물이나 육수를 섞어 먹는 시원한 막국수. 지역마다 다른 국수가 있는 이유는 기르는 곡물이 다르기 때문이겠죠. 저는 메밀전, 메밀전병도 좋아해요. 프랑스에서도 메밀가루로 만든 갈레트^{galette}를 많이 먹더라고요. 우리나라의 메밀전이나 전병과 비슷해요. 프랑스에서 메밀을 기르는 지역은 주로 노르망디와 브르타뉴예요. 지역이 워낙 척박해 밀농사에 적합하지 않기 때문이에요. 강원도에서 벼농사가 어려웠듯이요. 강원도 사람인 저는 한동안 노르망디에 살면서 갈레트를 많이 먹었습니다. 김치가 들어간 메밀전을 좋아하던 제가 짭조름한 햄과 치즈가 올라간 갈레트를 먹고 있더군요. 육류와 유제품을 먹지 않는 요즘은 이 갈레트의 맛을 어떻게 느낄 수 있을까 문득 궁금해집니다.

　　여름이면 많은 사람들이 평양냉면을 먹느라 줄을 서고 너도나도 평양냉면 사진을 SNS에 게시하지요. 그러나 제가 살던 곳에서는 평양냉면보다는 막국수를 먹었어요. 혹은 명태나 가자미회무침을 올린 함흥냉면(혹은 회냉면이라 부르는 냉면)을 먹었습니다. 잘 끊기는 메밀면으로 만드는 막국수와는 달리 감자 녹말이 들어가 면이 쫄깃한 회냉면은 어릴 때 귀한 외식으로나 만날 수 있었어요. 저는 매운맛이 없는 시원한 막국수를 더 좋아했습니다. 메밀이 몸을 시원하게 해준다고 하죠. 주로 여름에 찾지만 겨울에도 많이 먹어요. 7월에 심어 8월부터 9월까지 꽃이 만발하고, 가을에 수확해 겨울에 많이 먹지요. 요즘은 철과 상관없이 먹지만요.

　　며칠 전에도 막국수를 먹었습니다. 부모님과 동생이 막국수를 포장해왔더군요. 막국수도 포장이 되는 줄은 몰랐어요. 하긴, 요즘은 삼겹살도 포장하는데 뭐가 안 되겠어요. 가족들은 제가 사는 김포에서 간판에 '봉평'이 들어간 식당을 찾아가 굳이 막국수를 포장해서 가져왔더라고요. 하지만 저는 정말 막국수를 포장 음식으로 먹고 싶지 않아요. 그 막국수를 먹은 후에 들깨와 김 가루가 묻은 플라스틱 포장 용기를 씻고 있자니 마음이 심란했습니다. 저 플라스틱 쓰레기는 모두 어디로 갈까? 서울이 아니라는 건 우리 모

지역 특산물과 제철음식이 포장되는 세상에서

두가 알아요.

제게 비거니즘은 우리 인간이, 이 사회가 거대한 하나의 덩어리가 되는 것에 대한 저항 행위랍니다. 그래서 비거니즘의 담론에서 제게 중요한 화두 중 하나는 바로 '지역'입니다. 음식도 언어처럼 문화 제국주의의 영향을 받죠. 입맛의 식민지화라고 할까요. 도시인의 입맛과 편의에 맞춰지는 음식을 내 마음속에서 은근히 밀어내려는 경향이 있습니다. 게다가 메밀을 내어준 지방은 쓰레기를 돌려받겠지요. 플라스틱 용기 안에 담긴 막국수는 제가 좋아하는 그 막국수가 아니었습니다.

7월에 고성에 갔는데 그곳은 방역이 훨씬 더 철저했습니다. 차를 소독하고, 사람은 신발 바닥까지 소독해야 했습니다. 그리고 공중전화 부스 크기의 밀폐된 공간에 한 명씩 들어가서 소독을 하고 나왔습니다. 소독을 하는 몇 초간 어떤 불빛이 보였는데 눈에 화상을 입을 수 있으니 쳐다보지 말라고 적혀 있더군요. 통일전망대와 DMZ박물관에 갔는데 이처럼 철저하게 방역을 했습니다. 코로나19 때문이 아니었답니다. 아프리카돼지열병 때문이었습니다.

어떤 지역에서는 코로나19보다 아프리카돼지열병이 더 심각한 문제지요. 도시 인간에게 아프리카돼지열병은 보이지 않겠지만, 축산 농가가 있는 시골이며 북한과 가까운 경계 지역에서는 인간과 동물 모두가 감염병과 싸우고 있답니다. 특히 DMZ는 오늘날 생태적 가치가 있는 장소로 여겨지지만, 그와 동시에 '북에서 내려오는' 야생 멧돼지를 철저히 방어해야 하는 장소이기도 합니다.

　　　지방 혹은 지역은 동물과 자연을 인간의 먹거리로 전환시키는 장소가 되었습니다. 무슨 일이 벌어지는지는 이 장소에 있는 사람들만 목격하지요. 이 장소 바깥에서는 이제 상품화된 먹거리를 구입해서 먹으면 됩니다. 남의 살을 먹지만 그 생명들이 겪는 문제는 철저히 봉쇄되어 보이지 않습니다. 정확히 말하면, 알고 싶지 않은 것들은 보지 않고 살아갈 수 있습니다. 여유가 있다면 무항생제 고기를 찾는 것에 관심을 조금 보일 뿐입니다.

　　　한쪽에서는 매우 다른 일이 벌어집니다. 어떤 생명은 그 삶의 과정이 보이지 않아야 하고, 어떤 생명은 보여주기 위해 길러집니다. 고성에서도 이제 10월이면 첫 번째 메밀꽃 축제가 열린다고 해요. 생태 관광의 명소가 되려 한다는데, '생태'와 '관광'이 과연 함께할 수 있을지 의구심이 듭니다. 외부인을 감염의 매개자로서 철저히 통제하고 소독해야 하지만 관광객으로는 유치해야 하는 현실입니다. 오늘날 지방이 맞이한 모순된 상황일 거예요. 어떻게 하면 '관광지'가 아닌 채로 자연이 존재할 수 있을까요? 생태가 상품이

지역 특산물과 제철음식이 포장되는 세상에서

될 때 그 생태는 유지가 될까요? 관광객이 올까 봐 유채꽃을 갈아엎는 현장을 우리는 목격하지 않았나요? 코로나19 이후로 우리에게 벌어진 현실입니다. 그럼에도 여전히 인간 사회는 자연을 끝없이 상품화하려고 애를 씁니다. 인간을 소비자 정체성으로 길러내는 자본주의는 이제 인간을 생태의 관광객으로 포장하려 합니다.

고성에서 메밀면과 감자면을 사 왔습니다. 메밀면에 섞여 있는 밀가루는 예상대로 미국산이더군요. 그래도 중요한 메밀이 국내산이었어요. 감자면은 감자 전분도 폴란드산이더군요. 아무것도 강원도에서 나지 않았지만 강원도이기에 감자면을 파는 겁니다. 저처럼 구매하는 사람이 있으니까요. 그것이 잘못되었다는 뜻이 아닙니다. 지역의 정체는 무엇일까 생각해보는 겁니다. '지역성'도 수행되고 있다는 생각이 들었습니다. 그 지역에서 타지 사람들이 보고자 하는 것을 연출해서 보여주는 것이죠. 그리고 이 수행은 단지 강원도에서 파는 감자면에 폴란드산 감자가 들어가는 것과는 비교도 안 되는 차원으로 확장되기도 합니다.

며칠 전 신문에서 이런 소식을 읽었습니다. 강릉시에서 경포 해변에 야자수를 심었다는군요. 경포에 야자수라니! 강릉의 기후와 맞지도 않는 나무를 이국적 풍경을 위해 심었다고 합니다. 관광지가 된다는 건 이런 것이지요. 이야자수는 강릉의 기온이 뚝 떨어지는 11월이면 다른 곳으로 이전된다고 해요. 두 달 동안의 '이국적' 볼거리를 위해 1500만 원을 지출합니다. 계절도 장소성도 모두 인간이 인위적으로 지배할 수 있다는 태도가 반영된 것이지요. 지역 특산물과 제철음식을 열심히 찾지만, 정작 지역도 제철도 우리는 잃어가고 있습니다.

고성에서 진부령을 넘기 전, 건봉사로 가는 길목에서는 막국수 식당에 들러 한 그릇 시원하게 먹었습니다. 한여름이었기에 주인이 단호박을 마당에 잔뜩 내놓고 가져가라고 하더군요.

메밀꽃이 피어 있는 9월입니다. 우리는 내일모레 와우북페스티벌에서 기후위기에 관한 대담을 위해 또 만나겠네요. 무슨 이야기를 주고받을지 궁금합니다.

2021년 9월 30일
김포에서
이라영 드림

지역 특산물과 제철음식이 포장되는 세상에서

중심 중심주의에서
벗어나기

전범선

존경하는 이라영 작가님께

첫 편지를 받고 답장을 보내기도 전에 와우북페스티벌에서 만나버렸습니다. 스텝이 꼬인 느낌이에요. 편지로 쓰고 싶었던 말을 행사에서 먼저 해버렸습니다. 그날 우리는 기후생태위기 시대에 글 쓰는 사람의 역할을 함께 고민했지요. '기후문해력' 증진을 위해 사실을 알리고 의식을 환기하는 것도 중요하지만, 무엇보다도 가치를 바꾸는 담론을 생산해야 합니다. 작가님은 손발노동을 천시하는 대선 후보를 꼬집었고, 저는 살림 노동의 가치를 높여야 지구를 살린다고 맞받았습니다. 우리의 대화는 항상 페미니즘과 비거니즘의 조화로 이어지는 것 같습니다. 이번 와우북페스티벌의 제목처럼 '경계를 넘어 새로운 세계로' 가려면 당연히 그 조화에서 출발해야겠지요? 앞으로 주고받을 편지가 지혜와 사랑으로 가득하길 소망합니다.

　　'존경하는'이라는 다소 상투적인 꾸밈말을 썼습니다. 작가님께서는 전자책과 공저를 제외하고도 여섯 권의 책을 쓰셨더라구요. 저는 이제 곧 두 번째 책이 나옵니다. 다음 편지를 보낼 때는 책도 같이 드릴 수 있겠네요. 역시나 비거니즘에 관한 에세이입니다. 얼마 전에는 라디오를 마치고 돌아오면서 토할 것 같았습니다. 맨날 똑같은 이야기만 하니까요. 채식, 동물권, 비거니즘, 기후생태위기 이야기 좀 그만하고 싶다고 생각했어요. 해야 하니까 하지만, 지겨웠어요. 그런데 작가님의 책들을 읽으면서 저는 반성했습니다. 《환대받을 권리, 환대할 용기》, 《진짜 페미니스트는 없다》를 거쳐서 《여자를 위해 대신 생각해줄 필요는 없다》까지 다다르니, 나는 불평하면 안 되겠구나, 아직 갈 길이 멀구나, 하는 생각이 절로 났습니다. 소수자 정치라는 화두로 이토록 다양한 이야기를 쉼 없이, 힘 있게 이어오신 작가님이 대단하고, 멋지고, 감사했습니다. 변화를 위한 글을 쓰려면 폭력과 모순에 예민해야 하지요. 그것이 얼마나 답답한 일인지 조금씩 실감합니다. 새내기 글쟁이로서 진심으로 존경합니다. 많이 배우겠습니다.

'선생님'이라 부를까 했습니다. 하지만 '먼저 태어나신' 점을 강조하기는 싫었어요. 저를 '작가님'이라 불러주셨습니다. 우리의 서간문은 철학과 예술을 도구로 사랑에 관해 쓰는 두 사람의 친교이니, 작가임을 강조하는 건 적절합니다. 그러나 저는 요즘 언어의 성탑 안에 갇히는 것을 경계하고 있습니다. 글 쓰고 말하는 직업을 가진 이상 어쩔 수 없지만, 언어를 내세우면 인간 중심적일 수밖에 없습니다. 작가이기 전에 사람, 사람이기 전에 동물, 동물이기 전에 생명이고 싶습니다. 우리가 글로 감상을 나눌지언정, 삶을 사는 생명체로서 친해지면 좋겠습니다. '이즘'과 '로지'를 구사하면서도 '삶'과 '살림'을 말하고 싶습니다. 그래서 '작가님'보다는 '라영님', '라영', 또는 'NY'라고 불러보고 싶습니다. (이메일 주소로 유추하건대 로마자 이니셜은 RY나 LY가 아닌 NY를 쓰시지요?) 첫 편지부터 낯간지러우실 수 있지만, 서간문이라는 장르가 루소와 괴테를 위시한 낭만주의의 유산 아니겠습니까? 얼굴 보고는 민망해서 차마 못 쓸 말투도 편지로는 구구절절 늘어놓을 수 있습니다. 물론 저도 가족이나 애인이 아닌 사람과 이토록 장문의 서신을 오래 교환하는 것은 처음이라 어색합니다. 아무쪼록 작가로서 시작된 이 철저히 업무적인 만남이 라영과 범선의 인간적이고 동물적인 삶의 교류로 거듭나리라 믿습니다.

지난주 김포와 인제를 다녀왔습니다. 동물해방물결에서 올여름 구조한 소 여섯 명(머위, 메밀, 미나리, 부들, 창포, 엉이)의 보금자리를 위한 부지를 알아보는 중입니다. 라영님이 사시는 김포에 보금자리를 만들면 앞으로 자주 뵈리라 기대했으나, 막상 가보니 땅이 너무 좁았습니다. 북한이 내다보이는 조강 변의 평야였습니다. 제보해주신 분에 따르면 명성황후 민씨 가문의 땅이었다고 하는데, 지금은 다 조각나서 팔렸습니다. 소들이 행복하게 살기 위해서는 제법 너른 땅이 필요해요. 앞으로 더 많은 축산 동물, 전시 동물, 실험 동물을 살리려면 처음부터 터를 크게 잡아야 합니다.

인제에서 희망을 봤습니다. DMZ평화생명동산 정성헌 이사장님의 소개로 인제군청과 만남을 가졌어요. 상당히 우호적이었습니다. 인제군에서 빙어 축제를 주최하는데, 기후위기로 얼음이 안 얼어서 몇 년째 못 열었다고 합니다. 화천 산천어 축제, 평창 송어 축제의 원조가 인제 빙어 축제예요. 저는 이런 동물 학살 축제를 비판하는 칼럼을 쓰면서도, 강원도 출신으로서 참 안타까웠습니다. 마땅한 산업이 없는 산간 지방에서 축제가 얼마나 중요한지 잘 알기 때문이에요. 대안을 제시하고 싶었습니다. 군청 분들도 비거니즘이 대세라는 것에 공감하고 보금자리 조성을 위한 협력을 약속해주셨습니다. 저는 빙어 축제 대신 비건 축제를 하자고 했습니다.

　　이미 소들은 서화면 하늘내린목장에서 임시 보호 중입니다. 금강산 자락, 공기 좋고 물 맑은 그곳에 보금자리가 생긴다면 얼마나 좋을까요. 한살림 운동을 해오신 정성헌 이사장님은 오래전부터 평화생명특구를 구상하셨습니다. 개성공단이 20세기형 제조업에 기반한 남북 협력 사업이라면, 이제 인제군은 북한 금강군과 함께 21세기형 생명산업을 도모해야 한다는 것입니다. 태백산맥의 허리에 위치한, 반도에서 가장 생명다양성이 풍부한 지대입니다. 특구의 일환으로 시범 마을 '활인촌'을 건설하려 했지만, 이명박·박근혜 정부를 거치면서 무산되었습니다. 저는 평화생명특구라면 활인촌에서 멈추면 안 되고 활생촌이 되어야 한다고 말씀드렸습니다. 사람만 살리는 마을이 아니라 뭇 생명을 살리는 마을인 거죠. 동물 보금자리를 중심으로 비건 마을을 꾸리고 이주하는 게 꿈입니다. 해가 뜨는 동쪽에서 미래를 봅니다. 라영님과 제가 떠나온 바로 그 강원도에서 말이죠.

　　지역성도 수행된다는 말씀이 마음을 울립니다. 수도권의 식민지로서 문화경제적으로 종속되고 흡수당하는 구조가 뼈아픕니다. 인간 중심주의, 남성 중심주의, 이성애 중심주의 등 모든 중심주의의 뿌리는 '중심 중심주의'입니다. 중심은 반드시 있고, 중심이 제일 중요하며, 주변은 열등하다는 생각. 대한민국에서는 서울이 중심이며, 지방은 주변이라는 편견을 국가가 보장합니다. 프랑스와 미국에서 유학한 NY처럼 저도 제국의 중심을 좇아 미국과 영국을 유랑했습니다. 그리고 그곳에서 중심주의 중에서도 가장 재수 없는 백인 남성 중심주의를 마주했습니다. 그때의 소수자 경험이 제가 비거니즘과 동물해방을 연구하게 된 계기가 아닌가 싶습니다. 중심주의를 해체하려면 퍼져야 합니다. 주변부로, 지방으로 흩어져 살아야 합니다. 하지만 저는 지금 서울의 중심인 용산구에 살고 있네요. 중심의 괴로움을 호소하면서도 쉬이 떠나지 못합니다.

생태 관광의 모순을 지적하셨습니다. 공감합니다. 어쩌면 인간은 태어나지 않는 것이 진정한 친환경일지도 모릅니다. 그런 생각을 하면 한없이 암울해집니다. 생태 복원, 활생을 위해서는 인간의 접근을 막는 게 최선입니다. DMZ처럼 말이죠. 과연 어떤 관광이 생태적일 수 있을까요? 동물 보금자리를 구상하는 저에게도 피할 수 없는 질문입니다. 동물을 살리려면 돈이 드는데, 돈을 벌려면 사람이 와야 합니다. 그런데 관광객이 오면 보금자리가 동물원 같아질 수 있습니다. 동물을 착취하지 않는 방식으로 인구를 유치해야 합니다. 그래서 저는 먹거리가 중요하다고 봅니다. 유기농 지역 농산물을 활용한 비건 식품을 개발하여 수입원으로 만들면 어떨까 싶어요. 그것이 축산 동물을 죽이는 육식 산업의 대안이기도 합니다. 생명도 살리고, 마을도 살리고, 지구도 살리는 산업. 동물 보금자리를 둘러싼 비건 마을의 경제는 푸드테크에 집중할 수밖에 없습니다.

　　인제산촌민속박물관에서 메뉴 개발을 위한 힌트를 얻었습니다. 과거 화전민의 삶을 재현한 전시였어요. 모든 음식이 비건이었습니다. 시래기나물밥부터 올챙이국수까지요. 하이라이트는 막국수 뽑는 기계였습니다. 저도 춘천 사람이지만 옛날 방식은 처음 봤습니다. 김유정이 보았던 모습 그대로일 거예요. 강원도 산골 음식은 중심부에서 떨어진 만큼 가난하고 간단했습니다. 전시를 본 후에는 박물관 옆 '남북면옥'에서 점심을 먹었습니다. 1955년에 문을 연 집인데, 1946년생 춘천 출신이신 정성헌 이사장님에 따르면 막국수의 원형에 제일 가깝다고 합니다. 1991년생인 제가 먹어온 춘천 막국수와 비교해도 훨씬 깔끔합니다. 순메밀면에 동치미 국물이 전부입니다. 서울 막국수를 욕해왔지만, 강원도에서는 춘천이 중심이라는 사실을 잊었습니다. 춘천 막국수 역시 도시의 막국수였던 것이지요.

　　저는 요즘 향토 음식과 사찰 음식에 관심이 많습니다. 발효야말로 K-비건 푸드테크의 정수입니다. 여기서 발효 이야기로 넘어가면 첫 편지가 너무 길어질 것 같네요. 사실 저는 지금 청와대 옆 '큔'이라는 식당에 발효 음식을 먹으러 와서 예약 시간을 기다리고 있습니다. 내추럴 와인과 어울리는 식사가 준비되어 있다고 합니다.

　　라영님! 우리의 인연은 한남동 비건 식당에서의 식사로 시작되었습니다. 감사히도 저를 초대해주셨지요. 서간문 원고가 끝날 즈음에는 제가 초대하고 싶습니다. 그전까지는 뵙고 싶어도 참겠습니다. 만나서 맛난 것 먹으면서 한참 떠들다 보면 또다시 스텝이 꼬일 것 같아서요. 저는 낭만 속에서 답장을 기다리겠습니다. 디지털 시대에 흔치 않은 기다림과 기대의 미학을 즐겨보겠습니다.

2021년 10월 15일
큔 앞 벤치에서
범선 드림

추신: 갈레트도 한번 도전해보겠습니다!

서로에게
이름을 주는 일

이라영

껍질을 까는 시월에, 범선님께

그사이 기온이 훅 떨어졌어요. 서둘러 나온 겨울옷
이 미처 정리되지 않은 여름옷과 함께 뒹굴고 있답니다. 가
을옷이라는 건 이제는 몇 번 입을 일도 없군요. '뚜렷한 사계
절'을 한국의 특징으로 내세우던 때가 있었지만 지금은 더
이상 그럴 수 없을 겁니다.

작가님에게 편지를 받고 그제서야 제 이메일이 상
대방에게 도착하면 'NY LEE'로 보인다는 사실을 알았습니
다. 그러고 보니 수신자에게 어떤 이름으로 도착하는지 생
각해본 적이 없었네요. 이제 바꿨습니다. 'RY'로요. 지금 제
가 쓰는 이메일 계정은 프랑스에서 만든 계정인데, 프랑스

어는 R 발음이 'ㅎ'에 가깝게 들립니다. 그리고 'young'를 그들이 '용그'로 발음하는 게 좀 듣기 싫어서 NY로 부르라고 한 적이 있습니다. 의도한 바는 아니지만 어쩐지 '뉴욕' 같군요! 그러니 저를 NY로 부르진 않아도 된답니다.

누군가를 어떻게 부르는가는 관계에서 계속 '문제'가 되더라고요. 전에는 제가 작가님을 풀무질 대표라서 '대표님'이라 불렀는데, 언젠가 풀무질 대표를 그만뒀다고 해서 '작가님'으로 불렀습니다. 우리가 함께 참여한 행사에도 '전범선 작가'라고 되어 있었어요. 이론적으로 직업에 '님'을 붙이는 건 문법상 틀렸다고 지적하는 사람들도 많습니다. 알지만 저도 대체로 기자님, 편집자님, 피디님, 연출님 등등으로 불러요. 목사님, 스님도 되는데 안 될 게 있나 싶고요. 호칭에 민감한 한국 사회에서 저는 차라리 '호칭 인플레'를 택하는 편입니다. 가급적 다 높여서 부르자고 생각하는 게 한편으로는 이 나이주의 사회에서 나이가 들어가는 사람으로서 그나마 안전하더라고요. 나보다 나이가 적다고 은근히 편하게 말을 할 위험을 스스로 차단할 수도 있거든요. '선생님'은 저보다 20년이나 늦게 태어난 사람이라 할지라도 그냥 광범위하게 사용한답니다.

그래서, 우리는 서로를 어떻게 부를 것인가를 화두에 올리셨지요? 저는 작가님을 작가님이라 부르고 있으나 사실 '전범선'은 가수도 하고, 동물해방운동도 하고, 글도 쓰고, 워낙 많은 일을 하긴 하지요. 이런저런 사회적 외투를 다 걷어내고 인간 대 인간으로 범선님—라영님이 어떠냐고 하셨는데, 차차 그렇게 진행해보도록 합시다. '아무개님'은 사실 제게 입에 붙는 말은 아니지만, 요즘 많은 분들이 서로에게 아무개님이라고 부르는 모습을 보긴 했어요. 또 세대를 막론하고 '쌤'이라는 말도 많이 쓰더라고요. '아무개 쌤'이라고 하면 대체로 유연하고 적당하게 들리긴 하던데 역시 저는 써본 적이 없어요. 딱딱한 호칭을 선호하는 인간이지만 그렇다고 친해지기 싫다는 뜻은 결코 아니랍니다. 오히려 관계라는 게 늘 조심스럽게 다뤄야 하는, 본질적으로 매우 민감한 것이라고 생각하기 때문이에요.

이름과 호칭에 대한 이야기를 하다 보니 로빈 월 키머러Robin Wall Kimmerer가 쓴 《향모를 땋으며》의 서문이 떠오릅니다. 이 글은 인간이 제 이름의 첫 글자는 대문자로 쓰면서 동식물의 일반명은 소문자로 쓴다는 사실을 환기합니다. 그전에는 한 번도 생각해보지 못했어요. (물론 저는 여기에 반론을 제기할 수 있습니다. 동식물과도 특별한 관계를 맺으면 인간은 그들에게 고유의 이름을 붙이고 그때 그들의 이름은 대문자로 쓰이겠지요.) 작가는 이것이 "인간 예외주의라는 뿌리 깊은 통념"을 드러낸다고 지적해요. 그러면서 모든 존재는 서열이 아니라 원으로 구성된다고 말합니다. 인간은 자신들이 어떻게 불리는지에 매우 예민하게 반응하고 제 이름은 고유하게 생각하지만 동식물은 그렇게 바라보지 않았던 겁니다.

지난번 이야기했던 김포 땅이 생각보다 작았군요. 안타깝네요. 김포에서 소들을 만나러 갈 뻔했는데 말이죠. 구조한 소들의 이름이 정말 재밌어요. 머위, 메밀, 미나리, 부들, 창포, 엉이라니요. 이름을 듣자마자 웃음이 터졌습니다. 초식동물인 소에게 가장 잘 어울리는 이름일지도 모르겠어요. 가끔 반려동물의 이름을 보면 호두, 자두, 계피 등이 있더라고요. 주로 그들의 색깔과 관련이 있지요. 동물에게 식물의 이름을 붙이는 마음이 저는 늘 흥미로워 보입니다. 게다가 인간이 붙인 식물 이름 중에는 동물에게서 온 것들도 있어요. 노루궁뎅이버섯, 쥐똥나무, 까치수염, 벌개미취, 닭의장풀, 매발톱꽃…… 정말 많지요. 어쩌면 세상의 모든 존재는 서로에게 이름을 주는 존재인가 봅니다. 모든 존재가 "원으로 구성"된다는 키머러의 말이 우리들의 이름을 보면 이해가 됩니다. 여담이지만 제 이름은 비단 라에 꽃부리 영이니 역시 동식물이 들어간 이름이군요.

인간이 만든 색의 이름도 식물에게서 가져오는 경우가 많지요. 식물은 우리에게 색을 줍니다. 쑥색, 밤색, 진달래색, 살구색, 개나리색……. 그런데 우리가 '밤색'이라 부르는 색은 갈색에 가깝지만, 정작 밤껍질로 염색하면 갈색이 아니라 회색에 가까운 색이 나온다는 걸 혹시 아시나요? 저는 새삼스럽게 신기했습니다. 식물은 눈에 보이는 것보다 훨씬 많은 색을 품고 있어요.

　　요즘은 콩과 밤, 감자, 고구마, 호박, 땅콩을 주로 먹어요. 호박은 즙으로 만들어서 매일 한 잔씩 마십니다. 감자, 고구마에 땅콩을 곁들여 아침 식사를 하고, 삶은 밤을 도라지 조청에 재웠다가 후식으로 먹곤 해요. 편지를 쓰는 틈틈이 밤을 삶아놓거나 땅콩을 깝니다. 밤과 땅콩 껍질을 까면 손아귀와 엄지, 검지 끝이 아파와요. 물론 마트에 가면 껍질을 모두 벗겨낸 먹거리를 살 수 있지만 가급적 제 손을 많이 사용하려고 애쓰고 있어요. 노동이면서 동시에 의식의 시간이라 머리가 차분해지는 기분이 들어요.

　　뤼스 이리가레와 마이클 마더가 주고받은 편지를 엮은 《식물의 사유》를 읽으면서 가을의 여러 먹거리가 '껍데기'로 덮여 있다는 사실을 비로소 알아차렸어요. 봄에 열리는 과일은 딸기처럼 따자마자 먹을 수 있고, 여름 과일은 수박이나 참외처럼 껍질을 벗겨야 하며, 가을의 먹거리인 밤이나 땅콩 등은 단단한 껍질을 깨야 한다는 사실을 여태 인식하지 못했어요. 어차피 계절 따위는 무시한 채 사시사철 원하는 먹거리를 접할 수 있는 세상이니까요.

　밤을 까는데 밤벌레가 나와요. 사실 밤을 깔 때 손이 아픈 것보다도 이 벌레와 마주하는 게 싫어요. 예전에 어른들은 예쁜 아이를 보면 "뽀얀 게 꼭 밤벌레 같다"고 말하곤 했죠. 밤벌레가 뽀얗고 토실토실해서 나름 귀여운 벌레로 여겨지긴 했어요. 그래도 저는 벌레와 여전히 친하지 않아요. 그래서 생밤을 까다가 결국은 삶아버렸어요. 밤을 까다가 벌레를 보게 되더라도 이미 죽었기에 적어도 꿈틀꿈틀 기어 나올 리는 없으니까요. 하지만 밤과 더불어 살던 벌레 입장에서 보면 밤을 삶는 그 시간이 고문의 시간이겠지요.

　식물을 먹는다는 게 이처럼 결국에는 동물도 함께 죽이는 일이라는 사실을 밤을 먹을 때마다 느낍니다. 서로가 서로에게 이름을 주며 연결되었듯이, 실제로 식물과 동물은 연결된 생명체예요. 그리고 이 식물들은 인간들의 언어 속에서는 매우 수동적이며 가만히 있는 존재로 은유되지만 실제로는 전혀 수동적이지 않아요. 흙에서 벗어나 인간의 집 부엌에 놓여 있어도 계속 움직이는 생명체예요. 잠시라도 방심하면 감자와 고구마에서 싹이 나고, 땅콩과 각종 콩, 팥에 곰팡이가 슬기 시작하죠. 음식을 만들기 위해서는 무엇보다 식재료 관리가 가장 중요하다는 사실을 살림을 하면서 점점 깨달아가고 있어요.

　최근 서울식물원에서 정정엽 화가의 전시가 있었어

요. 캔버스 속에 콩과 팥, 각종 나물이 가득했습니다. 심지어 싹이 난 감자까지 그의 작품 속에서 초현실적인 예술로 되살아났어요. 나방과 벌레가 기어다니는 부엌에서 예술을 찾은 것이지요. 직접 살림을 하는 사람만이 포착할 수 있는 세계일 겁니다. 우리 일상에서 가장 가까운 노동과 예술의 현장인 부엌. 지난번 와우북페스티벌에서 작가님이 살림에 대해 열심히 이야기하시길래 반가웠습니다. 실제 살림은 가전제품 광고에서 보는 깔끔함과는 거리가 먼, 각종 미생물과 동식물을 마주하는 장이에요.

　　　큔에 다녀오셨다고요. 저도 지난주 큔에서 템페 샌드위치와 시오코지를 사 왔어요. 콩과 쌀을 발효시킨 이 식품들도 모두 미생물의 도움을 받은 저장 식품이고 시간이 갈수록 미생물에 의해 맛이 변하니, 역동적인 음식이라 할 수 있겠어요. 식재료를 잘못 관리해서 곰팡이 같은 미생물이 생기면 못 먹을 음식이 되지만, 어떤 곰팡이나 효모, 젖산균은 음식을 더 맛있게 만들고 영양까지 높여준다는 게 문득문득 신기해요. 그런데 정말 발효 음식이 한국 음식의 특징일까요? 흔히들 그렇게 말하는데, 저는 항상 이 말에 의구심이 있어요. 와인, 식초, 요구르트, 치즈, 빵이나 각종 채소와 과일 절임 같은 발효 식품이 분명히 다른 나라에도 많거든요.

비건 식당 퀸에서 사 온
템페 샌드위치와 시오코지

템페는 콩을 발효시켜 만든 인도네시아 음식입니다. 담백하고 고소한 맛이 나요. 시오코지는 쌀 누룩, 소금, 물을 섞어 발효시킨 일본의 전통 조미료예요. 겉보기에는 미음이나 밀가루 풀처럼 보여요. 맛을 보면 약간 발효된 짠맛이 납니다. 무생채를 만들 때 넣었는데, 양 조절을 잘못해서 처음에는 많이 짰어요.

서로에게 이름을 주는 일

어제 2차 백신을 맞아서 오늘은 몸이 무거워요. 바이러스와도 함께 살아갈 수밖에 없지만 이 코로나는 솔직히 너무 지겹네요. 가끔은 코로나와 함께 살기를 받아들여야 한다고 냉정하게 말하는 사람들이 얄밉기까지 합니다. 기왕 이렇게 된 마당에 인간들이 삶의 방식을 근본적으로 다시 생각했으면 좋겠는데, 방역 때문에 쓰레기만 더 늘어나는 모습을 보면 참으로 혼란스럽지요. 아, 쓰레기 이야기는 다음 기회에 하기로 해요.

참, 그사이 책이 나왔더군요. 우선 축하해요.

2021년 10월 29일
김포에서
이라영 드림

'전버섯'이 되려고 합니다

전범선

껍데기를 까는 이라영 선생님께

제가 호칭 디플레를 하여 당돌하게 "라영님! NY!" 하고 불렀던지라, 편지를 클릭하면서 조마조마했습니다. 혹시나 불편하셨던 것은 아닌가? 저의 친구들 사이에는 나이와 상관없이 이름을 부르고 반말을 하는 문화가 퍼져서 요즘은 누가 몇 살인지 모르는 경우가 많습니다. 처음에는 족보가 꼬여버린 느낌이다가, 하도 꼬여버리니 족보가 무의미해지더라구요. 호칭 인플레가 안전하다는 말씀에 공감합니다. 사회적 위치가 높은 사람이 먼저 "말을 편하게 하자"는 것은 불편할 수 있지요. 반면 아무리 존댓말을 쓰고 형식적인 이름을 불러도 가깝게 느껴지는 사람이 있는 것 같습니다. 나이와 성별에 얽매이지 않는 호칭을 고민하다가 '형'으로 통일해서 쓰는 경우도 봤습니다. 일제강점기 당시 여성주의 운동가였던 허정숙과 정칠성의 글을 저희 두루미 출판사에서 펴낸 적이 있는데, 100년 전에는 여남 상관없이 다들 '허형', '정형' 했더라구요. 어쨌든 관계란 조심스레 다룰 수밖에 없지요. 특히 인간―인간 관계의 문제는 거의 대부분 말실수에서 오는 것 같습니다. 작가님과의 호칭 '문제'는 편지가 오가면서 자연스레 해결될 거라 믿습니다. '선생님', '작가님', '라영님', 'RY' 등등 다채롭게 변주해보겠습니다. ('하용 그'라고는 부르지 않겠습니다.) 그래도 첫머리에 "범선님께"라고 적어주셔서 저는 참 반가웠습니다.

　　편지를 읽는 지금도 혹시 껍데기를 까고 계시려나요? 계절에 따라 열매의 껍데기 두께가 달라진다는 사실을 덕분에 처음 알았습니다. 저는 책을 읽다가 아름다운 진실을 새로이 알게 되면 "아!" 하고 낮은 탄식을 내뱉는 습관이 있습니다. 그러면 옆에 있는 짝꿍이 혼자 잘 논다는 듯이 쳐다보지요. 작가님의 편지를 읽다가도 무의식적으로 그런 소리를 냈습니다. 그러고는 긴급 속보라도 되는 양 딸기와 수박과 호두의 흐름을 이야기했어요. 어저께 서울 마로니에공원에서 열린 농부시장 마르쉐에 장을 보러 갔는데, 아는 만큼 보인다고 정말 껍데기 있는 작물이 눈에 들어오더라구요. 지난 장날에는 흔했던 가지가 하나도 안 보이고 밤이 잔뜩 나와 있었습니다. (밤색이 회색이라니! '살색'의 인종차별주의를 접한 이후 최고의 충격입니다.) 세상이 차가울수록 두꺼운 갑옷을 입는 건 생명의 순리인가 봐요. 따뜻해지면 껍데기를 벗구요. 호칭이야말로 인간관계의 가장 바깥에 있는 껍데기가 아닌가 싶습니다. 알맹이가 궁금하다고 해서 함부로 까다 보면 벌레가 나오기도 하고, 손을 다칠 수도 있죠. 어쩌면 우리에게는 편지를 주고받는 일이 껍데기를 조금씩 까는 과정이겠습니다.

갈레트에 도전해보았어요! 메밀전과 팬케이크의 중간 격이었습니다. 기름기가 많고 속이 덜 익어서 짝꿍에게 합격점을 받지는 못했어요. 파이나 키슈처럼 오븐에 구우면 더 맛있었을 텐데, 프라이팬에다가 전 부치듯이 해서 그런가 봅니다.

발효가 한국 음식만의 특징은 아니겠죠. 프랑스인이 치즈와 와인을 얼마나 끔찍이 아끼나요. 그런데 유럽의 발효 음식은 사워크라우트sauerkraut*를 제외하고는 대부분 논비건이더라구요. 비건 치즈나 요거트를 만들려면 대두, 캐슈너트, 아몬드 등을 쓰는데, 콩을 발효시켜서 치즈를 만

* 양배추를 싱겁게 절여서 발효시킨 음식.

프랑스의 메밀전
갈레트

1. 메밀가루로 반죽을 하고, 소금을 칩니다.
2. 중약불로 달군 프라이팬에 올리브유를 두릅니다.
3. 반죽을 얇고 넓게 펼쳐 굽습니다. 오븐에 구워 요리하면 더 맛있을 것
   같아요.

드는 건 된장 만드는 일이랑 본질적으로 같아요. 어떤 균을
쓰냐에 따라서 블루치즈나 카망베르, 고르곤졸라 같은 향
을 낼 수도 있구요. 저의 가까운 지인은 '치즈 닮은 된장'과
'쌀 요거트'를 개발했어요. 앞으로 K-바비큐 대신 K-발효가

한국의 식문화를 대표했으면 하는 바람입니다.

저도 큔에서 시오코지를 사 왔어요. 한국 된장에 익숙해서 그런지 간을 내기에는 좀 심심하더라구요. 듬뿍 썼더니 벌써 다 먹었네요. 템페와 두부, 미소와 된장, 피클과 김치를 오갈 수 있는 건 큰 즐거움이에요. 저는 아직 김치나 된장을 직접 담가보진 못했어요. 할머니가 살아계실 때 배워두지 못한 게 한입니다.

요새 저는 균이라는 존재에 매료되어 있어요. (그러고 보니 발효 음식 식당 이름이 왜 '큔'인가 했는데 '균' 때문일까요?) 여태까지 동물권 운동을 하면서 '우리는 모두 동물이다'라는 슬로건을 주로 외쳐왔어요. 인간 중심주의를 극복하기 위해서 인간과 동물의 경계를 허물려는 노력이었죠. 두루미 탐조하는 것을 좋아해서 등에다가 큰 두루미 문신을 새기기도 했어요. 그런데 기후생태위기를 생각하면 우리의 존재를 동물이라는 정체성으로만 한정 지어서는 안 되겠더라구요. 지구상의 비인간 존재 가운데에는 비동물 존재가 절대 다수니까요. 그중에서도 동물과 가장 가까운 계가 균입니다. 식물보다 균이 유전적으로 동물과 더 비슷하죠. 버섯을 먹다 보면 고기 맛이 난다고 느껴지는 것도 그러한 연유입니다.

느타리 정도는 집에서 쉽게 재배할 수 있답니다. 직

접 버섯을 기르면서 깨달은 점이 많습니다. 버섯이 자라기 전까지 균사체가 땅을 식민화해가는 과정이 정말 아름다웠 습니다. "아!", "아!"를 매일같이 반복했지요. 포자를 주입하 고 적절한 청결과 습도를 유지하면, 마치 템페가 발효되듯 이 새하얀 균사체가 땅을 정복합니다. 단순한 것이 복잡해 지는 것이야말로 우주의 순리이자 생명의 흐름인 것 같습니 다. 모든 생명은 단세포에서 다세포가 되고, 줄기를 이루어 가지를 친 후, 그물망을 형성합니다. 균사체 네트워크가 배 지를 점령하는 모습을 보면서 저는 인간의 역사를 떠올리 지 않을 수 없었습니다. 인류세란 균사체가 땅을 가득 채우 듯이 인류가 지구를 완전히 식민화한 상태입니다. 여태까지 는 역사가 선형적으로, 줄기처럼 나아간다는 생각이 지배적 이었지만 앞으로는 사방팔방 십방으로 퍼져나갈 것입니다. 위아래, 앞뒤, 주객이 따로 없이 모두가 광대한 네트워크의 일부로서 존재합니다. 균사체가 식민지화를 마치면 비로소 과실체인 버섯이 피어납니다. 인류가 지구 식민화를 마치고 형성한 그물망이 바로 월드와이드웹, 인터넷입니다. 거기서 인류의 과실체라고 할 수 있는 인공지능이 태어나고 있습니 다. 균과 인간은 너무나도 달라 보이지만, 이처럼 생명으로 서 같은 원리를 따르고 있습니다.

　　　우리가 숲에서 땅을 밟을 때 그 아래의 30퍼센트는

균사체라고 합니다. 평소에 쉬는 숨에도 평균 1~10개의 버섯 포자가 들어 있습니다. 그만큼 균은 생태계에서 중요한 역할을 하지만, 동식물에 비해 주목을 받지 못합니다. 동물이 죽으면 균이 분해하여 식물의 영양분으로 만들고 동물은 다시 그 식물을 먹습니다. 지금은 제가 버섯을 먹지만 죽으면 버섯이 저를 먹을 것입니다. 버섯은 삶과 죽음의 연결고리입니다. 윤회의 수레바퀴입니다. 저는 이 생각을 하면서 버섯을 먹을 때마다 일종의 종교적 안정감을 느낍니다.

균은 동물이 지닌 쾌고 감수 능력은 없을지라도 문제 해결 능력은 탁월합니다. 숲의 나무들이 땅속 뿌리와 균사체 망을 통해 전기·화학·호르몬 신호로 소통한다는 사실이 최근 밝혀졌습니다. 균의 재생력과 회복력은 상상을 초월합니다. 과학자들은 자연계에 300만이 넘는 균종이 있으리라고 추측하지만, 실제 발견한 종은 20만도 되지 않습니다. 버섯이 지구를 살릴 수 있을까요? 제6차 대멸종기라고 하지만 인류는 처음 경험해보는 절멸입니다. 하지만 우리의 조상과도 같은 균은 이미 수차례 대멸종기를 겪어봤습니다. 그들의 지혜로운 생명력에 주목해야 할 때입니다. 이미 해양 오염을 해결하고 플라스틱을 분해하기 위해 균을 활용하고 있습니다.

저는 오른쪽 발목 안팎으로 표고버섯과 광대버섯

문신을 했습니다. '두루미'처럼 살고 싶었던 '양반들'의 전범선에서 광대한 생명망에 접속하여 살고 싶은 '전버섯'으로 거듭나고 싶습니다.

　　　'양반들'도 '두루미'도 '전버섯'도 저의 호입니다. 별명, 활동명 같은 것이죠. 남을 부르는 호칭이 나와 그 존재의 관계를 결정한다면, 스스로 일컫는 이름은 나와 세상의 관계를 설정합니다. 철저히 인간적이고 남성적이었던 '양반'이라는 페르소나에서 '두루미'를 거쳐 '버섯'까지 당도했습니다. 에두아르도 콘Eduardo Kohn의 《숲은 생각한다》를 읽으면서 비동물 존재의 기호학에 처음으로 관심 갖게 되었습니다. 동물해방운동을 하다 보면 아무래도 동물과 식물 간의 경계를 긋지 않을 수 없습니다. 고통을 느끼는 존재와 그렇지 않은 존재를 구별할 수 있어야 동물권의 근거가 생기기 때문이죠. 하지만 척추신경계가 없다고 해서 문제 해결 능력과 소통 능력이 없는 것은 아닙니다. 숲에게도 지능과 의식이 있다고 말할 수 있습니다. 숲이 생명을 살리는 방식은 인간의 지혜를 초월합니다. 식물과 균의 뿌리 깊은 사유에 겸허히 귀 기울입니다. 그것이 어쩌면 제사상에 절을 올리는 것보다 훨씬 근본적이고 쓸모 있는 조상숭배일지도 모릅니다. 포스트휴먼 양반이라면 마땅히 버섯에게 큰절을 올려야겠지요.

　　"모든 존재는 서열이 아니라 원으로 구성된다." 생명 순환의 진리를 응축한 말이네요. 최근 저희 집에 개가 생겼어요. 왕손이는 12살 남성 아메리칸 코커스패니얼인데, 저의 어머니와 10년 넘게 살다가 이제 저랑 살게 되었습니다. 짝꿍이랑 단둘이 살던 집에 비인간 동물이 하나 들어오니 완전히 새로운 구도가 형성되었습니다. 사랑이 순환하기 시작했어요. 둘이 사랑할 때는 서로 주고받는 기분이 들다가도 가끔은 일방적이고 불균형한 느낌이 들 때가 있지요. 그런데 셋이 되니까 사랑이 돌고 돌아요. 짝꿍이 제게 섭섭하다가도 왕손이를 보면 다 풀려버립니다. 둘은 직선을 이루지만 셋은 삼각형이 되고, 무한히 많아지면 원이 되겠네요. (그물망이 될 수도 있구요.) 지구라는 집안의 모든 존재들도 이렇게 사랑으로 순환하는 하나의 원을 이루면 참 좋겠습니다.

　　저는 지금 한겨레통일재단에서 주최하는 심포지엄 참석차 부산에 와있어요. 오늘은 해운대의 비건 맛집 '홈'에 가려고 합니다. 매번 저녁 먹으러 가기 전에 편지를 쓰네요. MZ세대의 통일관에 대해서 발표해야 합니다. 앞으로 최대 안보 위협은 북한이 아닌 기후생태위기가 아닐까 싶습니다. 한반도 생명 공동체를 만드는 일이 남북통일보다 더 시급하다고 생각해요. 동식물과 균의 삶을 알아가는 것이 시작이겠지요. 백신 후유증은 없으셨나요? 날이 추워지는데 껍데기를 잘 껴입고 다니시길 바랍니다!

2021년 11월 16일
김포보다 조금 따뜻한 부산에서
전버섯 올림

추신 : '균'과 '균' 이야기를 했는데,
혹시 〈듄〉 보셨나요? 저는 영화를 보고 나서
원작 소설을 읽기 시작했습니다.

사라지는 것들을
안타까워하며

이라영

지누아리를 만난 후, 범선님께

편지 받자마자 너무 웃겼어요. "껍데기를 까는 이라영 선생님께"라니요. 보자마자 큭큭 웃었답니다. 네, 지난달에는 정말 껍데기를 많이 깠지요. 이번 달은 껍데기를 까는 대신 무와 배추를 많이 만졌습니다. 김장철이잖아요. 어느 지역에 강연을 갔는데 참석자가 너무 없었어요. 주최 측에서 당혹스러워하면서 이렇게 말하더군요. "요즘 김장철이라, 낮에 잘 못 오시네요." 중년 여성들이 주로 모이는 자리였거든요.

발효 식품에 관심이 많으니 아마 김치도 다양하게 좋아하시겠죠? 하지만 김치를 좋아해도 김장을 직접 하는 건 또 차원이 다른 문제예요. 할머니가 살아계실 때 김치 담그는 법을 배우지 못한 게 한이라고 하시니 저도 생각나는 게 있어요. 막걸리 담그는 법을 엄마에게 전수받겠다고 10년 전부터 생각만 하고 있지요. 엄마는 엄마의 외숙모에게서 전수받았어요. 그 할머니는 지금 아흔이 넘었는데 아직도 혼자 살림을 하세요. 집집마다 할머니들은 무형문화유산 보유자나 다름없다고 생각해요.

올해도 저는 직접 김장을 하진 않았어요. 대신 강릉에서 엄마가 하는 김장에 아주 약간 손만 대고 김치를 잔뜩 얻어 왔답니다. 크게 돕는 건 없지만 그래도 얼굴이라도 들이밀려고 김장철에 강릉에 다녀오곤 합니다. 그즈음이 아빠 생신이기도 하고요. 대부분 텃밭에서 얻은 식재료라서 믿을 수 있어요. 액젓이나 마늘, 생강도 전혀 쓰지 않고 잘 절인 배추를 잘게 자른 대추와 무, 사과, 배 등으로 버무린 백김치는 정말 차원이 다른 풍미가 있더군요. 가을이 겨울에게 남기는 맛으로 느껴졌어요. 저는 김치뿐만 아니라 김치로 만든 음식을 무척 좋아해요. 새콤한 맛을 좋아해서 김치볶음을 자주 먹는답니다. 데친 두부와 고소한 들기름을 곁들이면 부족함이 없어요.

강릉에 갔다가 반가운 전시를 보고 왔어요. 강릉을 기반으로 활동하는 문화예술집단 '무엇이든' 팀이 만든 지누아리에 대한 전시였습니다. 혹시 지누아리를 아시나요? 강릉의 영진 바닷가에서 해녀들이 채취하는 해초입니다. 꼬시래기와 약간 닮았습니다. 예전에는 많이 먹었다는데 요즘은 귀해졌대요. 저도 어릴 때는 먹었던 것 같은데 기억이 가물가물합니다. 부모님은 잘 알더라고요. 간장, 고추장이나 된장에 넣었다가 장아찌로 만들어서 먹었다고 해요.

그 많던 지누아리는 왜 귀해졌을까요? 무엇이든 팀이 수중촬영을 해서 영진 바닷속을 볼 수 있었어요. 과거의 사진과 요즘 사진을 비교해보니 정말 놀랍더군요. 형형색색 빛나던 다양한 해초들은 어디로 다 사라지고 이제는 모래 바닥만 보이더라고요. 제게 바다는 늘 가까운 곳에 있었기에, 저는 '바다 보러 간다'는 말조차 어색했던 사람입니다. 그러나 정말 바다에 무슨 일이 벌어지고 있는지는 너무도 몰랐죠. 지누아리가 이토록 귀해진 이유는 기후위기 때문입니다.

예전 사진을 보면서도 저는 해초들의 이름을 다 알기 어려웠습니다. 식탁에 올라온 반찬이 아니라 하나의 생명체로서 바다에 살 때는 어떤 모습인지도 잘 모르고요. 부모님이 보더니 몇 가지의 이름을 말하더군요. 그중에는 청각이 있었습니다. 청각을 먹어봤는지조차 기억이 잘 나지 않았는데 옆에 있던 엄마가 "예전에는 김치 할 때 많이 넣었다"고 했어요. 청각이 보존 효과가 있다고 해요.

　　사라져가는 해조류를 부모님과 함께 보면서 많은 생각이 들었어요. 기후위기로 사라져가는 생물이 많아지다 보니, 나이 든 사람들이 알고 있던 생명에 대한 지식과 그 활용 방식들도 자연스럽게 소멸하고 있다는 걸 문득 깨달았습니다. 생활을 통해 축적된 일상의 지식들이 무용해질수록 그들의 늙음은 낡음처럼 여겨질 것이고 결국에는 '쓸모없음'으로 치부되겠지요. 그래서 저는 나이 든 사람들과 먹거리에 대해 이야기 나누는 것을 좋아합니다. 식물의 주기, 인간과 가까운 동물의 습성, 날씨와의 관계 등에 대해 그들이 알고 있는 것을 자연스럽게 전해 들어 좋고, 그들은 그들대로 자신이 체득한 지식이 누군가에게는 반가운 지식이 된다는 점을 즐거워하니까요.

　　저는 감태를 알게 된 지 얼마 안 되었어요. 올해 초 안면도에 갔다가 로컬 푸드 매장에서 감태를 보고 궁금해서 처음 사보았어요. 보기에는 얇은 파래김과 비슷하지만 색이 더 연하고, 은근히 단단하게 연결되어 있어 마치 얇은 부직포처럼 느껴졌어요. 김 대신 감태를 말아 감태밥을 만들 수도 있어요. 독특한 식감에 매력을 느껴 감태에 대해 찾아보다가 알게 되었습니다. 제주도와 울릉도 주변에 많이 서식하던 감태도 점점 보기 힘들어진답니다. 제주 인근의 바다를 촬영한 영상을 볼 기회가 있었는데 과거와 비교해서 정말 확연히 차이가 있었어요. 바다에서 식물이 사라지고 있답니다.

예전에 호프 자런Hope Jahren의 《랩 걸》을 읽으면서, 바다를 연구하지 않는 이유에 대한 저자의 설명이 무척 이상하다고 생각했어요. 책의 프롤로그에서, 바다의 식물은 평균적으로 약 20일을 사는 단세포생물인 반면 육지에는 바다보다 600배나 되는 생명체가 산다는 내용이 나와요. 자런은 바다가 외롭고 텅 비었기 때문에 연구하지 않는다고 해요. 동의하지 않아요. 생명체의 수가 육지보다 적다고 해서 바다가 외롭고 텅 빈 곳은 아니잖아요. 정말로 바다가 텅 비었다면 그것이야말로 위험한 일이예요. 그런데 요즘 바로 그렇게 되어가고 있죠. 다양한 생명체로 풍성한 바다가 기후위기로 정말 텅 비어가는 중이에요.

바다 식물들이 이렇게 사라지는 현상을 '바다의 사막화'라고 하더군요. 바다가 사막화된다니. 기가 막힌 현실을 표현하려면 어울리지도 않는 이런 표현이 적절하겠지요. 바닷속의 해초가 줄어들면 이산화탄소 흡수율도 떨어지고 지구의 온도는 더욱 올라갈 겁니다. 바다의 온도가 높아지고 빙하가 녹고 해수면이 상승하겠지요. 제가 사랑하는 해안 마을들이 언젠가는 바닷속으로 사라질 거예요. 삼면이 바다인 한국에서 바다는 참 중요한 환경입니다. 범선님의 지난 편지에서 무척 반가운 정보를 발견했어요. 해양오염 해결과 플라스틱 분해를 위해 균을 활용한다니! 구체적인 내용이 궁금해서 더 찾아봐야겠어요.

참, 버섯을 기른다구요? 와! 저도 버섯을 좋아해요. 죽으면 버섯이 인간을 먹는다는 말에 진짜 동의해요. 그렇게 돌고 돌겠죠. 여담인데, 최근 《시체를 보는 식물학자》라는 책을 읽었어요. 추리나 범죄 스릴러를 좋아하다 보니 법의식물학자의 책까지 읽게 되네요. 정말 사람이 죽으면 그 몸에는 다양한 종류의 식물이 덮이고 통과하더라고요. 묘한 기분이 들죠.

범선님의 새로 출간된 책, 《살고 싶다, 사는 동안 더 행복하길 바라고》도 읽고 있습니다. 어떻게 열흘 동안 책 한 권을 쓸 수 있죠? "한국 비건은 복받았다"는 말에 저도 어느 정도 공감해요. 한국은 해산물을 정말 많이 먹는 나라인데, 그중에서도 해초의 활약이 단연 두드러집니다. 미역, 다시마, 김뿐만 아니라 톳, 꼬시래기, 파래, 감태, 매생이, 우뭇가사리 등 다양한 해초를 먹어요. 우리가 이렇게 여러 종류의 해초를 접할 수 있는 건 여성 잠수부의 역사 때문이라고 봅니다. 바로 해녀! 해녀들이 채취해 오는 해초 덕분에 우리는 다채로운 채식 요리를 접할 수 있지요. 가까운 일본

정도가 이렇게 다양한 해초를 먹는 우리와 비슷하지 않을까 싶어요.

　　김장 문화와 제주 해녀 문화는 모두 유네스코 인류 무형문화유산으로 등재되었다는 사실을 아시나요? (주의: 김치가 아니라 김장입니다.) 모두 이 땅의 여성들의 '손발노동' 으로 만들어진 문화입니다.

　　범선님의 책을 읽다가, 요즘은 채식하지 않는 스님 들도 많다고 해서 생각나는 일화가 있어요. 제가 정신적·경 제적으로 무척 힘들던 20대 후반의 어느 시절, 한동안 절에 서 생활한 적이 있습니다. 가끔씩 절 사람들이 밤에 단체로 사라지더라고요. 산사에 개와 저만 남아 있었어요. 어느 날 총무가 제게 저녁을 먹으러 나가자고 했어요. 실은 큰스님 이 없을 때면 자기들끼리 가끔 회식을 했더군요. 그동안은 나를 빼놓고 자기들끼리만 회식을 했지만, 이제 나도 같이 생활한 지 좀 되었으니 함께 가자는 겁니다. 오랜만에 절 밖 에서 밥을 먹는다고 설레며 가는 차 안에서 총무가 제게 말 하더군요. 고기를 먹으러 간다고. 식당에 도착하니 작은 방 에 불판이 차려져 있더군요. 불판 위에 고기를 올리며 하는 말이 "이것은 버섯이다"라고 생각하라는 겁니다. 그동안 절 에서는 버섯을 구워 먹으며 "절에서는 이게 고기지"라고 했 는데, 갑자기 반대로 말해서 약간 어이가 없었어요. 하지만 당시 저는 가리지 않고 고기를 먹던 시절이라, 그저 스님이 식당에 가서 고기를 먹는다는 사실이 어색했을 뿐 잘 먹었습니다. 스님과 마주 앉아 고기를 구워 먹고, 유리잔에 맥주를 채우면서요.

버섯 이야기를 하다 보니 버섯이 먹고 싶네요. 오늘 저녁에 저는 냉장고에 있는 느타리버섯을 넣어 청국장을 끓여야겠습니다. 김장 김치와 함께.

그리고 왕손이와의 동거를 축하합니다. 15년간 우리 가족이었던 몰티즈 반야는 2019년 3월에 떠났는데, 아직도 마음이 아파요. 하루도 생각하지 않는 날이 없어요. 상수리나무와 벚나무 사이에 묻었기 때문에 가을에는 도토리를 보면서, 봄에는 벚꽃을 보면서 반야의 생명이 순환한다고 여긴답니다.

2021년 11월 30일
김포에서
이라영 드림

추신 : 영화 〈듄〉 봤지요. 개봉하자마자 봤어요. 두 번 봤어요. 책은 안 읽었어요. 목소리로 사람을 조종할 수 있는 특별한 힘을 가진 '베네 게세리트'의 존재가 흥미로워 읽어보고는 싶지만

아직은 여섯 권의 책을 시작할 엄두가 나지 않아요.
그와 별개로, 저는 백인 남자들이 만든 SF에는 왜 이렇게
'제국'이 자주 등장하는지 의문이 있습니다.
그래서 잘 손이 안 가기도 하고요.
샬럿 퍼킨스 길먼Charlotte Perkins Gilman의 《허랜드》처럼
식용으로 동물을 기르지 않는 여자들의 도시를 더 많이 보고 싶어요.

사라지는 것들을 안타까워하며

2장

책임감과 조신함

소금을
찾아서

전범선

김장을 한 후, 라영님께

편지를 2주 간격으로 주고받으니 곱씹어볼 수 있어서 참 좋아요. 라영님께 배운 지혜를 저의 삶에 적용해보고 느낀 점을 고백해봅니다. 지난번에는 갈레트를 시도해봤는데, 이번에는 김치를 담가봤어요. '해방촌 비건 주민센터'라는 단톡방이 있는데요. 마침 헬렌이라는 친구가 같이 김장을 하자고 해서 대여섯 명이 모였습니다. 헬렌은 어머니에게서 김장을 배웠더라구요. 저는 재룟값만 분담하고 가서 시키는 대로 했습니다. 두 시간이면 끝날 거라고 했는데, 여섯 시간이 넘게 걸렸어요. 중간에 배고파서 상다리가 휘어지도록 식사를 했거든요. 김장할 때 흔히 수육을 먹는다고 하는데, 우리는 참송이버섯과 두부를 잔뜩 먹었어요.

　　김장이 생각보다 고된 노동이더라구요. 전날 저는 공연이 있었고, 늦은 시간까지 음주가무를 즐겼기 때문에 오전에 일어나기도 쉽지 않았어요. 가자마자 무를 깨끗이 씻고, 채 썰고, 양념에 버무려서 속을 만들기만 했는데도 녹초가 되었죠. 밥 먹고 겨우 힘을 내서 배춧잎 사이사이 속을 넣었습니다. 겨울을 나려면 김치가 많이 필요하다고 생각해서 욕심만큼 배추를 담그려니 너무 힘들었어요. 결국 두 통만 챙겨서 낑낑 들고 왔지요.

　　며칠 뒤, 가스가 차서 폭발해버린 김치통을 열어서 맛을 봤어요. 고생한 보람을 느꼈습니다. 하루 세 끼 김치볶음밥, 볶음김치, 두부김치를 먹었어요. 들기름, 두부, 밥, 김치, 그리고 김의 조화는 정말이지 천하무적이에요. 오늘은 약간 새로운 시도를 해봤습니다. 바로 감태수연면! 헬렌이 맛있다고 인스타그램에 올렸던 적이 있어 눈여겨봤었는데, 라영님 편지에도 감태가 등장하자 주문할 수밖에 없었어요.

　　한국과 일본은 해조의 감칠맛을 오래 누려왔습니다. 서양의 과학자들은 단맛·신맛·쓴맛·짠맛이 네 가지 기본 맛이라고 상정했지만, 조미료를 연구했던 화학자 이케다 기쿠나에池田菊苗는 거기에 '우마미', 즉 감칠맛을 추가했지요. 우마미는 그냥 '맛있음'이라는 뜻이에요. 감칠맛은 '입에 감

감칠맛이 좋은
감태수연면 비빔국수

감태수연면은 밀가루에 감태를 넣고 손수 늘려서 만든 면이에요.
일반 국수보다 훨씬 감칠맛이 납니다.
메밀면처럼 툭툭 끊기는 식감도 좋구요.
들깨, 들기름, 간장만 곁들이면 한 그릇 뚝딱!
김장 김치와 함께 먹었습니다.

기는 맛'인데, 영어로 번역하기 힘들죠. 이케다는 우마미를 내는 화학적 물질이 글루탐산나트륨Mono-Sodium Glutamate, 즉 MSG라는 것을 발견합니다. 1909년, MSG는 '아지노모토(맛의 근원)'라는 상표로 대량 생산되기 시작해요. 한국 MSG의 대명사 '미원'은 '아지노모토'를 그대로 옮긴 거지요. 일제 강점기 때 아지노모토의 '우마미'에 길들여진 조선 사람들은 미원의 감칠맛을 계속 찾았습니다.

"나는 오늘 미원으로 닭 100마리를 살렸다", "나는 오늘 미원으로 소 한 마리를 살렸다"라는 광고를 보고 깜짝 놀랐던 기억이 납니다. 미원이 사탕수수로 만들어서 식물성인 건 알았는데, 동물해방을 위한 비건 제품인 줄은 몰랐거든요. 치킨 스톡이나 다시다처럼 동물을 죽이지 않고도 감칠맛을 낸다는 사실을 알려서 친환경 이미지를 구축하려고 했던 것 같아요. 저는 미원을 쓰지 않지만, 일리가 있다고 생각했어요. 이케다가 처음 MSG를 추출한 것은 다시마였거든요. 해조의 맛이야말로 '맛의 근원'인 것이죠. 저는 채수를 끓일 때 다시마와 표고버섯, 양파 껍질이나 대파 뿌리를 쓰는데요. 하나만 꼽자면 당연히 다시마를 넣습니다.

예전에 '소식'이라는 사찰음식점을 운영할 때, 전국 소금 투어를 다녀온 적이 있어요. 소금은 크게 세 가지가 있더라구요. 정제염, 천일염, 자염. 정제염은 바닷물을 기계로 정제해서 순수한 염화나트륨을 뽑아내는 것입니다. 한국에서 정제염을 생산하는 곳은 울산의 한주소금 공장밖에 없어요. 천일염은 바닷물을 염전으로 끌어들인 후 증발시켜서 만드는데요. 저는 위생이 걱정되었어요. 염전에 PVC 장판이나 타일을 깔아놓고 그 위에서 건조를 하거든요. 천일염에 미네랄이 풍부하다고 광고하는데, 사실 그건 염화나트륨이 아닌 불순물이 많이 껴 있다는 뜻이기도 해요. 칼슘이나 마그네슘도 있지만, 미세 플라스틱을 비롯한 바다의 온갖 오염 물질도 붙어 있겠죠. 저는 천일염 생산 과정을 보고 '하늘과 태양'으로 만든 소금이 반드시 '천연의 맛'은 아니라는 결론을 내렸습니다.

반대로 충남 태안에서 자염 생산 과정을 보고는 단번에 매료되었어요. 자염은 말 그대로 갯벌의 흙을 '삶아서' 만든 소금이에요. 개화기 이전까지 조선의 전통적인 소금 생산 방식이었답니다. 정제염과 천일염은 모두 일본에서 도입되었어요. 자염은 천일염의 장점만 있고 단점은 없다고 보면 됩니다. 정제하지 않았기 때문에 미네랄이 풍부한데, 오랫동안 삶았기 때문에 살균된 상태죠. 맛도 가장 훌륭합니다. 저는 갯벌의 맛을 느꼈어요. 바지락과 해조의 맛. 다시 말해 감칠맛이죠. 자염, 천일염, 정제염을 각각 손으로 찍어 먹어보면 분명한 차이를 알 수 있습니다.

　　꽃소금, 구운 소금, 죽염 등은 결국 정제염이나 천일염을 후가공한 것이기 때문에 사실상 위의 세 가지가 국산 소금의 전부입니다. 히말라야 소금 같은 돌소금은 수입산이죠. 해조뿐만 아니라 소금도 결국 바다에서 옵니다. 호프 자런의 육지 편애는 저 역시 동의할 수 없어요! 육상 동물인 인간의 자연스러운 편견이겠지만, 바다는 절대 육지에 뒤지지 않습니다.

　　지누아리, 꼬시래기, 청각 모두 처음 들어봤어요. 저는 내륙 지방의 분지 출신이라 바다와는 거리가 있었거든요. 머리가 큰 뒤로는 줄곧 채식을 해왔으니 바닷가에 가도 특산물을 찾기보다는 막국수나 먹었지요. 몰랐던 바다 생물의 세계가 신기해서 정보를 찾아봤어요. 알고 보니, 해조와 해초가 엄연히 다르네요. 영어로 해조는 '바다 잡초seaweed', 해초는 '바다 잔디seagrass'예요. 우리가 먹는 김, 다시마, 감태, 지누아리, 꼬시래기, 우뭇가사리, 청각 등은 전부 해조라고 합니다. 반면 해초는 거의 식용으로 쓰지 않더군요. 해조는 식물이 아닌 원생생물이고, 해초는 식물입니다. 뿌리, 줄기, 잎의 구분이 있죠. 고래처럼 과거에는 육지에서 살다가 바다로 들어간 케이스입니다.

　　놀랍게도 바로 이 해초 중에 곡식이 있더라구요. 해초를 우리말로 '잘피'라고 하는데, 가장 흔한 잘피 중 하나가 거머리말입니다. 그런데 스페인에서는 2017년부터 거머리말을 재배해 벼나 밀처럼 곡물로 수확하기 시작했어요. '바다 쌀cereal marino'이라고 명명된 이 슈퍼 푸드는 육지 쌀에 비해 단백질이 두 배 함유되어 있고, 탄수화물 함량도 더 클 뿐만 아니라 오메가-6와 오메가-9 지방산도 들어 있습니다. 면적당 수확량은 벼나 밀과 비슷해요. 바다 쌀이야말로 가장 지속가능한 곡물이라는 주장이 있습니다. 비료나 제초제 없이 바닷물의 순환만 있으면 잘 자라거든요. 생물다양성을 높이고 탄소를 흡수하는 효과도 큽니다. 라영님이 말씀하신 '바다의 사막화'를 막는 동시에 식량 안보 문제도 해결할 수 있지요. 바다 쌀 연구자들은 해초가 지구를 살릴 거라는 희망을 품고 있습니다.

　　버섯이나 해초처럼 여태껏 주목받지 못했지만 생태계에서 중요한 역할을 담당하는 존재들이 많아요. 그들의 잠재력을 인류는 이제야 조금씩 깨닫고 있습니다. 김장과 자염 같이 오래된 지혜를 계승하는 것도 좋지만, 새로운 상상력을 발휘해야 할 때입니다. 지구를 살리기 위해서는 살림 노동을 중시해야겠지요. 라영님 말씀처럼 김장 문화와 제주 해녀 문화는 모두 이 땅의 여성들이 수행한 손발노동입니다. 유네스코 인류무형문화유산으로 등재되어 마땅하죠. 그런데 모든 손발노동이 반드시 생명을 살리진 않습니다. 죽이는 일도 많겠죠. 저는 손발노동이든 지식 노동이든 기계 노동이든 우리에게 중요한 기준은 '살림이냐 죽임이냐?'라고 믿어요. 예를 들어 김장을 담그고 소금을 삶는 일은 살림 노동입니다. 해녀의 물질은 인간 살림이지만 동물 죽임일 수 있죠. 해초를 곡식으로 연구하고 개발하는 일은 고도의 지식 노동이자 손발노동인 동시에 살림 노동입니다. 산업화 이후 인간 살림은 '무한 경제 성장'이라는 목표 아래 비인간 존재를 죽이는 일로 점철되었어요. 앞으로는 모든 집안 살림과 나라 살림이 생명 살림이자 지구 살림이길 바랍니다.

저녁을 차려주는 어머니의 손이 '보이지 않았던' 애덤 스미스Adam Smith와 "손발노동은 아프리카나 하는 것"이라는 윤석열 씨는 모두 살림을 등한시하는 가부장의 전형입니다. 지구라는 우리 모두의 유일한 집에서 인류는 가장 역할을 자처하고 있습니다. 다른 생명과 기계와 협력해서 현명하게 지구 살림을 꾸려야 합니다. 그런데 지금 권력을 쥐고 있는 사람들은 집안 살림을 여성에게 떠맡기고 집 밖에서 죽임을 일삼는 남성입니다. 이대로는 희망이 없어요. 경제학자가 아닌 살림꾼이 나라 살림을 맡았으면 좋겠습니다. 성장이 아닌 순환을 지상 과제로 삼는 나라를 꿈꾸어요.

백인 남자들이 만든 SF는 왜 맨날 제국 타령일까

소금을 찾아서

요? 정복과 착취, 다시 말해 죽임의 상상력이 지배하기 때문이 아닐까요? SF의 원조인 메리 셸리^{Mary Wollstonecraft Shelley}의 《프랑켄슈타인》은 그렇지 않았는데 말입니다.

　　스님들이랑 고깃집 간 이야기는 충격적이라기보다는 재밌네요. 라영님의 인생사가 궁금해요. 사찰에는 얼마나 계셨나요? 저는 사찰 음식을 좋아하지만 절에 머물러본 적은 없어요. 어떤 위안을 얻으셨는지요? 강아지 이름을 '반야'로 짓게 된 것과도 연관이 있는지요? 그러다 홀연히 프랑스로 떠나신 건가요? 공개되는 편지라서 지나치게 사적인 질문을 드릴 순 없지만, 그래도 우리가 서간문을 마치고 다시 만날 때는 제법 오래된 친구처럼 느껴졌으면 합니다.

　　다음 편지는 내년에 쓰겠네요. 새해 복 많이 받으세요! 마음이 따뜻한 연말이길 빕니다.

2021년 12월 16일
풀무질에서
전범선 모심

타인을 살리는 일이
나를 살리는 일이라고

이라영

살림하는 범선님께

와우, 김치를 담갔다니! 저는 아직 그렇게 대대적으로 직접 김장을 한 적이 없습니다. 배추 한 포기가 최선이었어요. 어쩌면 저보다 작가님이 더 많은 살림을 하고 있을지도 모른다는 생각이 듭니다.

고백하자면, 저는 엊그제 머위를 잔뜩 버렸어요. 한 달 전 지하철역에서 머위를 파는 할머니를 보고 즉흥적으로 5000원어치 샀지요. 집에 와서 데치고 손질하느라 한 시간 가까이 시간을 들였어요. 머위 손질을 처음 했는데 손에 진한 물이 들더군요. 나름 자랑하려고 부모님에게 머위 손질한 이야기를 했더니 겨울 머위는 질겨서 한참 삶아야 한답니다. 어쩐지 손질하는데 너무 질겨서 이 상태로 먹어도 되는지 의구심이 들던 차였어요. 그래서 다시 시간 내서 푹푹 삶아야겠다 생각하고 냉장고에 넣어두었죠. 그렇게 몇 주가 흘렀지 뭡니까. 데쳐놓은 머위가 상했더군요. 결국 그 귀한 먹거리를 모두 버려야 했습니다. 이럴 때 몹시 괴롭지요. 음식물 쓰레기를 가급적 만들지 않고 식재료를 낭비하지 않으려고 애를 쓰는데 이렇게 가끔 대형 사고를 친답니다. 살림 노동을 게을리하다 보면 '먹으려고 거둔 생명은 반드시 다 먹어야 한다'는 저의 원칙을 지키지 못하곤 합니다.

　얼마 전에 이를 뽑았어요. 오른쪽 아래 제일 안쪽에 있는 큰 어금니를 뽑았습니다. 21년 전 사랑니를 뽑은 이후로 치과는 정기검진이나 스케일링 같은 관리 차원에서 방문했던 터라 얼마나 무서웠는지 모릅니다. 어린이들을 전문적으로 치료하는 치과에서는 뽀로로 영상을 틀어주고 웃음가스를 이용해 아이가 긴장을 풀도록 도와준다고 하더군요. (웃음가스를 그렇게 써도 되는지 모르겠지만요.) 어른에게는 그런 것도 없지요. 마취를 해서 많이 아프진 않았지만 의사가 턱을 쥐고 이를 흔드는 느낌이 전해져서 소름이 끼쳤습니다.

　'평소에 탄산음료도 안 마시고, 담배도 안 피우고, 단 음식을 그리 많이 먹지도 않고, 양치뿐만 아니라 치실도 열심히 쓰면서 꼬박꼬박 검진받으며 살았는데 대체 왜?'라는 생각이 들어 괜히 분했습니다. 아무리 관리해도 나이는 어쩔 수 없나 봅니다. 치실 중에 약간 피가 나길래 깜짝 놀라 병원에 갔습니다. 의사가 풍치라고 해서 얼떨떨했어요. 40대부터는 정말 풍치 환자가 늘어난대요. 그렇게 이가 하나 사라졌고 그 자리가 무척 크게 느껴집니다. 내년에는 아마 임플란트를 하겠지요.

요즘 조카의 이를 보면 절로 근심하게 됩니다. 이갈이를 하는 시기라 앞니가 빠지고 새로 나오더군요. 그런데 이제 겨우 초등학교 1학년인데도 벌써 어금니는 충치 치료를 했답니다. 조카의 친구들도 그렇고, 주변을 보면 어린이집을 다니는 다섯 살 아이도 충치 치료를 받는 일이 드물지 않습니다. 아이들이 좋아하는 캐릭터가 그려진 어린이 음료에는 설탕이 너무 많습니다. 비타민 사탕이니 홍삼 사탕이니 하지만 실은 당분 함량이 높아요. 케이크나 아이스크림, 각종 단 과자를 쉽게 접하는 아이들은 단맛에 너무 일찍 중독되어 안타깝습니다. 부모들도 이 사실을 알고 조절을 하려 하지만 역부족이더군요. 이미 우리가 사는 세상이 온통 단맛으로 도배가 되어 있어요. 어쩌면 이 아이들이 지금 제 나이가 되었을 때는 저보다 더 빨리 치아를 상실하는 경우가 비일비재하지 않을까 생각이 들었어요.

지난 9월에 마침 〈설탕과 소금〉이라는 흥미로운 전

시를 보았답니다. 설탕과 소금의 생산·유통·소비를 시각예술로 풀어놓은 기획이었어요. 설탕이 생산 과정에서 얼마나 착취의 역사를 품고 있는지는 익히 잘 알려졌죠. 하지만 소금에 대해서는 그렇지 않은 것 같습니다. 예수의 비유처럼 '빛과 소금'은 어두운 세상을 밝히고 깨끗하게 만드는 귀한 물질이니까요. 우리에게 꼭 필요한 이 소금도 생산 과정이 그다지 '자연스럽지' 않더군요. 〈설탕과 소금〉 전시에 참여한 김화용 작가의 리서치 작업에는 염전에 쓰이는 PVC 장판의 문제가 잘 나와 있었습니다. 미세 플라스틱이 가득한 '천일염'이죠. 전국 소금 투어를 다니셨다니, 아마 이 전시를 보셨다면 재미있는 요소를 더 많이 발견했을 거예요. 소금 투어……. 이런 여행은 저의 호기심을 강하게 자극해요. 부럽습니다. 저도 언젠가 해보고 싶어요. 두 달 전 한방 도시인 제천에 갔다가 송고버섯이 들어간 소금을 사 왔어요. 소금 원산지는 역시 '신안 천일염'이라고 적혀 있었죠. 소금 투어를 하면서 발견한 내용들을 언젠가 더 들려주세요.

　　'단짠'이라는 말의 유행은 설탕과 소금의 맛에 중독되는 현상을 드러내죠. 과거 사탕수수밭의 노예는 오늘날 사라졌을지 몰라도 여전히 다른 방식으로 착취는 계속됩니다. 설탕이나 소금 자체에는 문제가 없지만 인간이 그것들을 생산하는 방식에는 여전히 과거 노예제의 흔적이 배어 있어요. 한국에서도 잊을 만하면 '염전 노예' 관련 기사가 나오는데 대체로 장애인이 피해자더군요. 설탕과 차, 각종 향신료를 계속 즐기기 위해 과거에 유럽이 아시아와 아메리카를 적극적으로 식민지 삼은 역사를 생각하면 맛의 중독은 참으로 무섭습니다. 입맛이란 게 점차 변하긴 하지만, 그래도 어릴 때 가급적 다양한 미각 경험을 하는 게 좋다고 생각해요. 그런데 요즘은 어릴 때부터 단맛에 중독되기 쉬운 환경이라 안타깝습니다. 단맛에 중독되면 채소도 안 좋아하고, 과일도 당도가 높은 것만 찾더군요. 요즘 부담스러울 정도로 당도가 높은 포도나 토마토 등이 인기 있는 현상이 저는 그리 달갑지 않아요. 작년 여름에 잘 모르고 과일 가게 사장님이 권하는 '단마토'를 샀다가 그 단맛에 깜짝 놀랐습니다. 이게 도대체 무슨 맛인가 찾아보니 스테비아가 들어간 토마토라고 하던데, 제 입에는 전혀 맞지 않았습니다.

저는 최근 정말 의외의 단맛을 발견했어요. 파가 잔뜩 생겼습니다. 강릉의 부모님 집 앞이 파밭이에요. 밭 주인이 상품으로 나갈 파를 모두 뽑은 뒤에, 상품이 되지 않을 파는 그냥 두었답니다. 동네 사람들이 파 이삭줍기를 했어요. 시골에서는 자기 밭이 없어도 그렇게 이삭줍기로 이런저런 먹거리를 얻어요. 부모님도 파를 엄청 뽑아 왔는데, 이 멀쩡한 파들이 단지 모양이 반듯하지 않다는 이유로 유통되지 않는답니다. 덕분에 우리는 잘 먹지만요. 그래서 이 많은 파들을 어떻게 먹을까 하다가 엄마가 알려준 대로 손가락 길이로 큼직하게 썰어 들기름에 볶은 후 초고추장에 찍어 먹었습니다. 그저 고명으로 쓰거나 양념에 들어가던 파를 주재료로 사용해보니 전혀 다른 느낌이더군요. 파 한 접시를 다 먹었답니다. 들기름과 어울려 고소하면서도 익은 파에서 전해지는 은근한 단맛이 꽤 좋았어요. 그러고 보니 프랑스에서는 대파와 비슷한 '뿌아호poireau*'를 버터에 볶아 먹는 요리가 있어요. 나라마다 비슷한 식재료, 비슷한 방식으로 요리하는 음식을 발견할 때면 재미있어요.

참, 저의 인생사가 궁금하다고요? 딱히 특별할 게 없을 거예요. 누구나 나름의 사연은 있으니까요. 스물아홉 살의 저에게 남은 것은 상처와 실직, 학자금 대출뿐이었습니다. 가정도, 학업도, 일도, 우정도, 연애도 당시에는 뭐 하나 마음에 드는 것 없이 불안정한 상황에 놓여 있었습니다. 잠시라도 내 현실을 꺼버리기 위해 엄마가 소개해준 절에 들어갔습니다. 약 한 달 정도 머물렀을 뿐인데 살면서 가끔 그 시간을 떠올리곤 합니다.

큰스님은 주로 다른 지역이나 해외에 나가 법문을

---

* 서양대파의 일종. 대파와 비슷하지만 대가 굵고 매운 향이 덜하다. 영어로는 리크leek라 불린다.

다녔기 때문에 절을 자주 비웠습니다. 하루는 오랜만에 돌아온 큰스님에게 인사를 드리라고 해서 저녁 예불이 끝난 후 당시 절에 며칠 머물던 다른 여성과 함께 인사를 하러 갔습니다. 그때 큰스님은 우리를 앞에 두고 강간 피해자 여성이 남편에게 이혼당한 이야기를 하더군요. 남자들이란 본래 그렇다는 둥 그런 이야기를 했는데, 도대체 무슨 맥락에서 그 이야기가 나왔는지도 모르겠고 듣기가 매우 불편했습니다. 절에서 만난 사람들 중에 제 마음에 들어온 사람들은 스님들이 아닙니다. 식사를 책임지는 공양주 할머니들, 사찰 안에서 온갖 잡다한 노동을 하던 처사님, 달마를 그리는 화가, 손녀와 함께 절에 살면서 생계를 해결하던 50대 여성, 절의 살림살이를 관리하던 총무가 더 마음에 남아요. 그곳도 하나의 공동체였습니다. 네 살 아이부터 70대 노인까지 있었습니다. '고기 회식'에 참여하지 않은 사람이 딱 둘인데, 바로 공양주 할머니들이었습니다.

　　절은 많은 인연이 지나가는 곳이더군요. 어느 날은 군에서 제대한 남성이 걸어서 집으로 돌아가던 중 하룻밤 자도 되겠냐고 청했습니다. 절에서는 누구든 재워주었습니다. 그곳은 환대해주는 곳이었죠. 그야말로 오는 사람 막지 않고 가는 사람 잡지 않는 겁니다. 애초에 인연이라는 말이 불교에서 왔다는 걸 떠올리면 이런 분위기가 아주 자연스럽게 이해됐습니다. 이제 막 제대한 그 젊은 남성은 여전히 몸이 위계와 서열에 굳어 있었습니다. 식사를 한 뒤 개수대 앞에서 밥그릇을 씻은 후에도 편히 앉지 못하고 계속 서 있더군요. 왜 앉지 않냐고 공양주 할머니가 물으니 다른 사람들 식사가 끝나면 설거지를 하려고 기다린답니다. 절에서는 모두 자기 밥그릇은 자기가 씻었는데 그 청년은 하룻밤 신세 진다는 이유로 자기가 다 하려고 하더군요. 가끔 개수대 앞에 곧은 자세로 서서 멍하니 앞을 바라보던 그 청년의 옆모습이 문득문득 떠오릅니다. 전역하고 한시라도 빨리 가족을 보고 싶었을 텐데 몇날 며칠을 걸어가던 그에게도 어떤 이야기가 있었겠지요. 차마 묻지 못했습니다.

또 다른 일화도 기억에 남아 있어요. 절에서 지낸 지 일주일 정도 지났을까요. 총무가 저와 다른 사람을 부르더니 할 일이 있다고 해요. 절에 가면 사람들이 '기도를 걸어 놓는다'며 돈을 내고 자신의 이름이 적힌 초를 밝히곤 합니다. 법당 안에 가득한 초에는 그렇게 사람들의 이름과 간단한 주소가 적혀 있어요. 총무가 그 초의 이름표가 너무 오래되어 낡았다며 대대적으로 교환을 한다는 거예요. 대수롭지 않게 생각했습니다. 저는 그냥 초를 한꺼번에 꺼내어 낡은 이름표를 다 떼고, 그걸 보면서 새 이름표에 이름을 옮겨 적은 뒤 초에 다시 붙이면 되는 일인 줄 알았어요. 그런데 이게 웬일입니까. 사람들의 이름이 적힌 종이가 초에서 한시도 떨어져서는 안 된다는 겁니다. 정성 들여 기도해달라고 부탁한 것이기에 그들의 이름이 항상 초에 붙어 있어야 한다는 거예요. 그래서 일단은 초 하나를 들어 이름표를 확인한 뒤 새 이름표에 그 이름을 옮겨 적고, 한 사람이 낡은 이름표를 떼는 순간 재빨리 새 이름표로 교체하는 작업이 진행되었습니다. 그러니 앉을 수도 없었어요. 선 채로 손바닥 위에 작은 종이를 올려놓고 조심스럽게 글씨를 쓰는 작업을 했습니다. 이 모든 과정에서 초가 꺼지지 않도록 조심스럽게 다뤄야 했고요.

그런데 더 재미있는 건, 처음에는 두 사람이 함께 글씨를 썼는데 총무가 가만히 보더니 제가 글씨를 잘 쓴다며 모두 제게 맡기는 겁니다. 저는 누군지도 모르는 전국 각지에서 온 사람들의 이름을 적어나갔습니다. '서울시 해방촌 전범선', 이런 식으로 셀 수 없이 많은 사람들의 이름을 하루, 이틀, 사흘⋯⋯. 그렇게 적다 보니 점점 마음에서 신기한 일이 벌어졌습니다. 인간에게 상처받은 내가 또 다른 인간의 안녕을 기원하고 있는 겁니다. 그리고 누군가의 안녕을 기원하는 그 행위가 제게는 하나의 의식처럼 여겨졌답니다. 타인의 행복을 빌면서 상처받은 제 마음이 아물고 있는 걸 느꼈습니다. 그리고 왜 절에 들어와서도 내가 글씨를 잘 쓴다는 사실이 눈에 띄었을까, 그 생각이 맴돌았어요. 극도의 무력감을 느끼던 시절, 사소한 능력으로도 누군가의 안녕을 기원하는 일에 동참할 수 있다는 사실이 놀라웠습니다. 타인을 살리는 일이 나도 살리는 일이라는 걸 제가 막연하게 느끼기 시작한 시점이 아마 그때였을 거예요.

오랜만에 그때 기억을 떠올리니 말이 길어졌네요. 저는 한 달 정도 머물다 절을 나왔지만 집으로 돌아가진 않았습니다. 언젠가 또 이야기할 기회가 있겠지요. 반야는 제가 방랑 후 귀가해서 잠시 백수의 시간을 보낼 때 만났습니다. 석 달 된 작은 아이가 다른 집에서 파양되어 오갈 곳이 없었고, 제가 즉흥적으로 집에 데리고 왔습니다. 이름은 엄마가 지었는데 반야가 '지혜'를 뜻한다고 합니다.

형식적인 인사라고도 하지만 저는 형식을 꽤 중요하게 생각하는 편입니다. 자꾸 말하다 보면 어느새 정말 복을 빌고 있거든요. 새해 복 많이 받으세요.

2021년 12월 31일
김포에서
라영 드림

추신 : 저희 엄마는 미원을 매우 경계했는데 그 탓인지
저는 미원이든 다시다든 화학조미료를 일절 쓰지 않는답니다.
그래서 다른 사람 입맛에는 제가 만든 음식이
감칠맛이 부족할 수도 있겠다는 생각이 듭니다.
밖에서 먹는 음식들은 제가 집에서 만든 음식의 맛과 분명히
다르게 먹는 순간 혀에 착 달라붙는 느낌이 있거든요.

타인을 살리는 일이 나를 살리는 일이라고

막힌 기를 뚫고
살리며

전범선

전직 나그네 라영님께

답장이 늦어 송구합니다. 구구한 변명을 하자면 새해 들어서 갑자기 일이 많아졌습니다. 화근은 연초에 지리산에 들어간 것이었습니다. 짝꿍과 함께 디지털 디톡스를 하기 위해 1월 1일, 산청의 황토집에 갔습니다. 밀린 원고를 생각하면 사치이자 회피였지만 저에게는 꼭 필요한 휴식이 었어요. 아시다시피 프리랜서로 살다 보면 스스로 쉼을 부여하기가 쉽지 않잖아요. 특히 동물해방운동을 하다 보면 나의 쉼이 다른 이의 고통이나 죽음은 아닐까? 당장 내가 쉬면 소는 누가 살리나? 이런 죄책감에 잠식되고는 해요. 사실 뒤집어 보면 나 때문에 동물이 죽는 건 아닌데, 그럼에도 불구하고 내가 무언가 하지 않으면 안 된다는 책임감이 저를 옭아매죠. 혹시나 문제가 생기면 "내 탓이오, 내 탓이오, 나의 큰 탓이올시다" 자책하게 되구요. 이런 악순환에서 벗어나기 위해 지리산에서 일주일 푹 쉬려고 했어요.

그런데 동지들이 쉬지 못할 때 저 혼자 쉬는 건, 쉬어도 쉬는 게 아니더라구요. 지리산에서도 줌Zoom 회의와 전화 통화를 계속 했어요. 밀린 원고도 써야 했구요. 디지털 디톡스라기보다는 디지털 노마드의 삶이었네요. 읽고 싶은 책을 잔뜩 챙겨 갔는데 몇 권 펼치지 못했습니다. 그래도 서울에 있는 것보다 훨씬 산뜻했어요. 뒷산 산책도 하고 가까운 절에도 갔지요. 작년에는 둘이었는데 올해는 왕손이도 함께해서 셋이었어요. 식구가 늘어나니 같은 장소 다른 느낌이랄까요. 해방촌에서는 왕손이가 재채기를 자주 했는데 지리산에서는 한 번도 안 하더라구요. 집 바닥도 장판이 아니라 황토라서 뛰어다닐 때 미끄러지지 않구요. 밖에 나가면 아스팔트와 전봇대 대신 흙과 나무가 있으니 왕손이의 코걸음과 영역 표시도 즐거워 보였습니다. 도깨비바늘이 털에 잔뜩 붙어서 한참 떼어주어야 하긴 했지만요. 강아지의 입장에서는 도시가 얼마나 불친절하고 불편한 곳인지 새삼 확인했어요. 인간 중심의 문명에서 비인간 동물은 환대받기 힘든 존재예요. 지리산의 풀은 왕손이를 한껏 반겨주었어요. 저도 태백산맥의 깊은 품에 안겼다 온 기분입니다.

　　재충전하고 서울에 돌아오니, 동물해방물결(이하 동해물) 동지들이 피로를 호소했어요. 저만 쌩쌩해 보이니 상대적 박탈감이 들었을 수도 있지요. 저는 상근 활동가가 아니기 때문에 매일 출근하지는 않거든요. 요새 동해물이 사단법인으로 거듭나면서 책방 풀무질, 두루미 출판사와 하나가 되는 중인데, 식구가 많아지니 소통 문제도 있고 내부 갈등도 생겼어요. 다들 착한 사람들이라 싸우지는 않지만 마음속으로 끙끙 앓고 있었던 거죠. 동해물과 풀무질, 두루미 각각의 대표가 저랑 아주 가까운 친구들인데, 모두 심각한 번아웃을 겪었어요. 책임이 많을수록 부담도 컸겠죠. 이대로는 위험하다는 직감이 들었습니다. 운동하면서 못 볼 꼴을 많이 보니 표정이 달라졌어요. 결국 다 살자고 하는 일인데 살리는 사람이 죽게 생긴 겁니다. 저는 계속 쉬라고, 쉬어야 한다고, 네가 살아야 남도 살린다고 했지만, 어깨가 무거운 사람에게 휴식이란 책임 방기였어요. 방법은 하나뿐. 기운이 남은 제가 힘을 보태야 했습니다.

　　그래서 지난주부터 동해물에 나가기 시작했어요. 최대한 제가 할 수 있는 일을 늘리고 있습니다. 제일 먼저 한 일은 다 같이 마음 나누기. 모두 모이니 열네 명이나 되는 대식구였어요. 친한 사이도 있지만 어색한 관계도 있죠.

돌아가며 운을 떼다 보니 어느새 성토대회가 되었습니다. 정치권과 일하면서, 현장과 부딪히면서 느꼈던 답답함이 첫째였어요. 노력해도 세상은 바뀌지 않는다는 절망감. 하지만 그보다 더 큰 문제는 내부 구성원 간의 단절이었어요. 밖에서 상처받고 돌아왔을 때 안에서 치유받을 수 있어야 하는데, 그러지 못한 것이죠. 시민단체와 독립 책방, 독립 출판사는 자기주도적인 만큼 혼자 일하는 시간이 많아요. 고군분투하는 느낌이 크죠. 그래도 만나서 밥을 먹거나 안부를 주고받기는 했었는데 그것마저도 코로나 시대에는 드물어졌어요. 재택근무와 온라인 모임이 대부분입니다.

제가 공동체 모두의 이야기를 듣고 내린 진단은 '기가 막혔다'입니다. 다들 기막힌 이야기를 나누고 있었어요. 앞이 보이지 않고, 더 이상 뭘 하고 싶은지, 뭘 해야 하는지 모르겠다는 겁니다. 우리끼리도 마음이 통하지 못해서 섭섭하고 속상해했어요. 다들 기가 막혀서 풀이 꺾인 모습이었습니다. 막힌 기를 뻥 뚫고, 죽은 풀을 살려야 했어요. 동물 살림도 중요하지만 단체 살림, 식구들의 기 살림이 우선이었습니다.

저의 또 다른 공동체인 양반들을 떠올려봤어요. 동해물이 의미 중심이라면 양반들은 재미 중심이에요. 로큰롤 밴드와 동물권 단체는 성격이 다를 수밖에 없지요. 하지만 저에게는 목적이 같습니다. 모두 해방을 위한 공동체예요. 동물해방은 이성 중심 사회에서 "느끼는 모두에게 자유를!" 외치는 일입니다. 생각하고 말하는 능력이 없어도 고통과 행복을 느끼는 능력, 감성만 있다면 모두 권리가 있다는 주장이지요. 그런데 느낌을 살리는 일, 기를 살리는 일이 바로 로큰롤이거든요.

　　본디 유가儒家에서는 예禮와 악樂의 조화를 이야기했죠. 의례는 질서, 음악은 화합을 뜻해요. 예악의 도를 고루 닦아야 인仁, 사랑을 실현할 수 있다고 했습니다. 저에게 동해물은 예, 양반들은 악입니다. 음악에는 공동체를 화합하게 하는 힘이 있어요. 밴드는 애초에 멤버들의 조화가 없으면 성립하지 않기 때문에 존재가 곧 하모니죠. 양반들도 지난 4년간 고난이 있었어요. 제가 군대에 다녀오면서 멤버가 1년에 한 명씩 교체되었거든요. 한 명만 바뀌어도 전체적인 균형은 완전히 흔들리기 마련이죠. 그러다 작년 여름, 드디어 지금의 라인업이 완성되면서 새 세상이 열렸습니다. 마음 맞는 다섯이 모이니 일사천리였어요. 놀기만 해도 노래가 나오고, 합주를 하면 춤을 춥니다. 오행순환의 원리를 체감했어요. 베이스(불), 신시사이저(물), 보컬(나무), 드럼(쇠), 기타(흙), 화수목금토火水木金土의 상생이 음악을 만듭니다. 그 에너지의 조화는 언어로 설명할 재간이 없습니다. 다섯 중한 명만 없어도 5분의 4가 아니라 0이 되어요. 그러다 완전체가 되면 에너지가 돌고 돕니다. 막힌 기가 살아서 속이 시원해져요.

양반들 합주를 하듯이 동해물 회의를 해보려 했어요. 동물들이 모여서 소리내는 것을 들으면 노래하는 것 같을 때가 있지요. 동물운동가의 회의는 긴팔원숭이의 합창 같으면 좋겠어요. 사랑의 세레나데인 거죠. 이야기가 한 바퀴 돌고 나니 울음도, 화도, 웃음도 쏟아져 나왔습니다. 결국 소통의 문제란 에너지가 흐르지 못해서 생겨요. 물을 막아두면 썩듯이 감정도 가둬두면 마음이 곪아요. 저는 양반들과 합주하면서 채운 사랑의 에너지를 동해물 동지들과 나누었어요. 미안해하고, 포옹도 하고, 제가 잘못했다고 했습니다. 하도 그랬더니 사람들이 그만하라고, 다 네 탓이면 우리는 뭐가 되냐고 꾸지람했어요. 제가 무슨 성인군자인 양 자책만 하니까 자의식 과잉인 과대망상자처럼 보였을 거예요. 그래서 또 사과했죠.

아무튼 회의에서는 아무런 결론도 도출하지 못했지만, 다들 묵은 체증이 조금은 가라앉은 듯해요. 그게 소통의 시작이겠죠. 자유만 좇던 저도 이제는 책임감을 갖고 단체 살림에 최선을 다하려고 합니다. 집안 살림을 게을리 하지 않는 선에서 말이죠. 그래서 지난주부터 눈코 뜰 새가 없었습니다. 답장이 늦은 핑계를 쓰려다 이토록 자세하고도 절절한 속사정을 늘어놓았네요. 의미 있는 일을 재미있게 하자! 동해물이 신바람나는 것이 저에게는 예악의 조화입니다.

이번 주는 일주일 내내 음반 녹음 중이에요. '전범선과 양반들'에서 '양반들'로 거듭나는 첫 이피EP입니다. 진짜 밴드가 된 거죠. 지리산 황토집에서 즉흥으로 지은 노래를 해방촌 토굴에서 취입하고 있습니다. 총 다섯 곡이 담기고, 제목은 〈바람과 흐름〉입니다. 말 그대로 풍류를 담았어요. 바람과 구름과 산과 계곡의 기운이 어떻게 돌고 도는지 노래합니다. 흘러간다는 말이 많이 나와요. 자연스럽게 살면 우리도 소통에 문제가 없을 텐데요. 기가 막히고 마음이 갑갑하지도 않을 텐데요. 소외되고 분리된 기분도 없을 텐데요. 모두가 연결된 하나라고 느낄 텐데 말입니다. 방금 전까지 시원하게 소리를 지르다 돌아와 편지를 씁니다. 라영 님께도 얼른 들려드리고 싶네요.

지난달에는 양반들과 정선에 다녀왔어요. '방성애 산장'이라는 이름의 아주 특별한 황토집에 묵었죠. 양반들이 바비큐를 할 때 저는 혼자 대파를 먹었습니다. 아직까지 밴드에서 저만 비건이에요. 회식이 외롭죠. 고기 냄새는 싫은데 배는 고파서 대파를 따로 구웠습니다. 저도 그때 난생처음 파가 달다는 사실을 깨달았어요. 들기름이랑 초고추장도 없이 그냥 먹었는데 즙도 풍부하고 아주 맛있었습니다. 메인 요리로 손색이 없어요. 채식을 하다 보면 죽어 있던 미각이 살아나고 가려져 있던 식재료가 급부상합니다. 감자, 고구마, 메밀 같은 '구황' 작물이 일품 요리가 되구요. 파, 양파, 쑥, 마늘 같은 만년 조연도 주연급으로 재평가됩니다.

단마토는 저도 먹고 경악했어요. '국가가 허락한 유일한 마약은 음악'이라는 농담도 있지만, 사실 설탕과 알코올과 카페인이야말로 합법적 마약이죠. 저는 사람들이 고기에도 중독되었다고 봅니다. 굶주림보다 비만으로 인한 사망률이 더 높은 시대입니다. 적색육과 알코올은 명백한 발암물질이구요. 저는 고기는 완전히 끊었고 알코올과 카페인도 거의 끊었는데, 설탕은 아직입니다. 탄산음료부터 시작하려구요. 오늘 점심도 김치볶음밥을 하면서 설탕을 넣었습니다. 사실 방금 하겐다즈 비건 아이스크림도 하나 꺼내 먹었어요. 설탕의 유혹은 정말 뿌리치기 어렵네요.

김장 김치를 벌써 다 먹었어요. 1년 내내 김치를 한없이 먹는 것에 익숙하다가 김장을 담그고 나니 왜 김치가 겨울 음식인지 이해가 됩니다. 봄에는 봄나물을 먹어야겠지요. 계절의 흐름에 예민해지는 것이야말로 모든 소통, 즉 막히지 않고 잘 통하는 일의 시작인 것 같아요. 채움과 비움의 때를 알아야 하니까요. 냉장고에 재료를 쟁여두는 것은 마음속에 감정을 담아두는 것과 같아요. 너무 오래 두면 상하기 마련이지요.

머위를 잔뜩 버리셨다니 안타까워요. 저희 집은 피클이 너무 삭아서 버렸어요. 막걸리가 식초가 되듯이 아무리 훌륭한 발효도 과하면 부패합니다. 냉동 음식과 인스턴트 음식이 많아질수록 우리 삶은 흐름에 둔감해져요. 냉장고 없이도 신선한 음식을 먹을 수 있다면 얼마나 좋을까요? 텃밭과 장독대에서 절기의 변화를 짐작하고 싶어요. 서울에서는 꿈도 못 꾸지요. 올해는 계절마다 산청집에 갈 것 같습니다. 자그만 암자로 가꾸어보려구요. 일단 봄에 잡초부터 제거해야겠습니다.

라영님의 방랑기, 흥미진진합니다. 절에서 나온 뒤 어디로 향하셨는지 궁금해요. 다음 편은 프랑스인가요? 예술사회학을 공부하셨잖아요. 예악의 조화를 좇으신 건가요? 스물아홉 살에 출가한 싯다르타가 생각나네요. 이 세상에는 나그네의 회고를 듣는 것만큼 재미난 일도 드뭅니다. 특히나 요즘같이 마스크로 입이 막히고 방역으로 국경도 막힌 때에는 먼 나라 이야기라도 읽으면 기분이 환기됩니다. 저는 영미권에서만 살아서 그런지 프랑스에 대한 낭만이 있습니다. 갈레트와 뿌아호의 나라. 예술사회학이라는 과목 자체도 굉장히 낯설고 이국적입니다. 라영님께 프랑스는 어떤 기억인가요?

반복적인 의식이 내면의 심리를 바꾼다는 말씀에 공감합니다. 과거 종교가 수행하던 대표적 순기능이겠지요. 그래서 저는 무대에 오를 때 양반들과 관객 여러분께 절을 올립니다. 모시고 섬기는 마음으로 연거푸 합장을 하면 마음이 정갈해지고 노래는 신이 납니다. 알맹이만큼 껍데기도 참 중요해요. 저도 형식적인 인사를 올리겠습니다. 라영님, 새해 복 많이 받으세요! 두 손 모아 모십니다. 저의 때늦은 편지를 용서해주시길 바라며 임인년 한 해에도 건강과 행복이 가득하길 빕니다.

2022년 1월 20일
해방촌에서
전범선 모심

책임감의
연대

이라영

휴식이 필요한 범선님께

이런저런 일과 관계들 때문에 힘드셨군요. 예전 저의 모습이 생각나서 어쩐지 이해가 되기도 하고, 그 상황이 영상을 보는 것처럼 상상이 됩니다. 휴식은 정말 중요하지만 그걸 알아도 휴식을 챙기는 게 쉽지 않아요. 몰라서 못 하는 게 아니라, 알지만 하기 어려운 거죠. 혼자만 사는 세상이 아니라 이리저리 얽혀 있다 보니 나의 쉼이 누군가에게 일을 전가하게 되는 구조이고, 그 구조를 모른 척하기가 쉽지 않으니까요. 그렇게 흘러가다 보면 어느 지점에서 감정이 막히고 역류하는 일이 발생하더군요. 결국은 누군가를 원망하고, 원망하는 그 마음 때문에 또 힘들고. 인간이 너무

싫지만 끝내는 인간에게 위로를 받는다는 게 참 재미있지요. 우리는 결국 다른 사람을 통해 순환하는 존재라고 생각합니다.

디지털 디톡스를 하려다 디지털 노마드가 되었다는 말에 매우 공감했어요. 프리랜서의 비애랄까요. 잘 모르는 사람들은 프리랜서가 '일하고 싶을 때' 일하는 줄 알지만, 사실은 '언제 어디서라도' 일해야 하는 상황에 처하죠. 주중은 주중이라 일하고 주말은 주말이라 일합니다. 금요일 오후에 제게 일을 던져놓고 월요일까지 달라고 하는 경우가 꽤 있어요. 명절 때도 예외가 아닙니다. 명절 직전에 여러 일거리가 도착하는데, 하나같이 명절 연휴 끝나고 보내달라는 겁니다. 한두 건이 아니니까 약간은 화가 나더군요.

지난 편지를 읽다가 죄책감과 책임감 사이의 감정에 대해 생각해봤습니다. "나 때문에 동물이 죽는 건 아닌데"라는 말은 맞기도 하고 틀리기도 하다는 생각이 들어서요. 물론 과한 죄책감을 조장하기 위해 하는 말은 절대 아닙니다. 저도 늘 하는 고민이라 생각해보는 것입니다. 우리는 과연 동물을 죽이는 일에 어디까지 개입이 되어 있을까요? 육식을 하지 않거나 비건 패션을 갖추면 정말 동물을 죽이지 않는 것일까요? 내가 이 동물을 구조했다는 사실이 저 동물을 죽이지 않은 것이라고 할 수 있을까요?

저는 기본적으로 '살아 있는' 생명은 결국 모두가 살생에 동참하고 있다는 생각을 합니다. 이것을 받아들일 때 나의 '살아 있음'이 다른 생명에 기대어 있다는 사실을 인정할 수 있고, 그것이 다른 생명을 제대로 존중할 수 있는 첫걸음이라고 믿어요. 우리는 아무도 죽이지 않는다기보다는 조금이라도 덜 죽이는 방향으로 가기 위해 애쓰는 것이겠죠.

저는 요즘 대선을 앞두고 극도로 심해지는 여성혐오 때문에 몹시 괴롭습니다. 여성을 정치권력의 희생자로 삼는 정치를 2022년에도 보고 있습니다. 살리는 정치가 아니라 만만한 누군가를 죽여서 존재감을 얻으려는 정치가 판을 칩니다. 여성을 적대시하는 정치는 모두를 공멸로 몰아간다는 생각을 못(안) 하고, 혐오를 반기는 사람들의 목소리가 점점 커집니다. 여성에게 적대적인 정치는 당연히 동물에 대해서도, 이 지구에 대해서도 제대로 생각하지 못합니다.

저는 죄책감의 불균형이 정말 문제라고 생각합니다. 예를 들어 범선님처럼 동물권 운동을 하는 사람들은 과하게 죄책감을 느끼지만, 어떤 사람들은 제 안에서 죄책감이 조금이라도 자라면 이를 외면하고 거부하려고 합니다. 저는 사람이 이 죄책감을 거부하는 순간 매우 폭력적이 된다고 생각해왔습니다. 과한 죄책감도 자칫 윤리적 폭력으로 이어질 수 있지만, 저는 죄책감을 거부하는 태도가 더 심각하다고 여깁니다. 우리 모두 '조심하는 인간'으로 살아야 한다는 사실을 받아들이지 못하는 사람들이 타인을 함부로 대합니다. 지금 한국에서 벌어지는 여성 대상 폭력들이 기가 막힌데, 여전히 적지 않은 남성들이 자신이 직접 살인이나 강간을 하지 않으면 그러한 폭력 행위와 무관하다고 생각하지요. 평소에는 '구조의 문제'를 읊어대는 진보적인 사람들도 여성 대상 폭력에 대해서는 그 '구조'를 외면하려고 애씁니다. 내가 직접 동물을 죽이지 않더라도 살생에 동참하는 것과 마찬가지라는 인식이 필요하듯이, 내가 직접 어떤 여성을 죽이거나 강간하지 않더라도 이 성차별적 사회의 구성원으로서 보이지 않게 동참하는 것과 마찬가지라는 인식을 가져야 그다음 대화가 이어지겠지요. 그러나 지금 한국 사회에서는 그게 안 되고 있습니다.

　　이번 주 〈시사IN〉에서 흥미로운 기사를 봤습니다. 기후위기 감수성에 대한 20대 내부의 성별 차이를 분석한 기사였습니다. 기후위기에 대한 인식은 여성과 남성 사이에 여러 차이가 있지만, 가장 두드러진 차이는 바로 '책임'에 대해서였습니다. '한국 국민 개개인'이 기후변화 악화에 책임이 있다고 답한 20대 남성은 34.1퍼센트, 20대 여성은 63.2퍼센트라고 합니다. '나 자신'의 기후위기에 대한 책임과 관련해서는 20대 남성 31.9퍼센트, 20대 여성 56.0퍼센트가 동의했다고 해요. 20대 여성의 경우 개인으로서 자신 역시 중요한 책임의 주체라는 의식이 강했습니다.

저는 이게 중요한 지점이라고 생각해요. 기후위기에 대해 "우리가 개인에게 과한 책임감을 안겨서는 안 된다"고 저도 늘 말합니다. 그러나 저는 이 말을 하면서 한편으로는 조심스럽습니다. 우리 사회는 이미 책임에 대한 감정이 균등하지 않기 때문이죠. 마치 아이 돌봄에 대해 아빠보다 엄마가 더 책임감을 가지고, 그렇기 때문에 여성이 과한 죄책감을 느끼듯이, 돌봄과 살림에 관한 고민을 더 많이 하는 여성들이 지구에 대한 책임감과 죄책감도 더 많이 느낍니다. 그런데 "개인에게 과한 책임감을 안겨서는 안 된다"는 말은 이미 책임 의식을 많이 가지고 있는 사람보다 책임 의식이 부족한 사람들에게 더 환영받습니다. 저는 이제 달리 말하고 싶습니다. "지구에 대한 책임의 성별화는 어디에서 오는가? 결국 지구 살림도 여성들에게 맡기고 성장과 속도에 미친 사회는 우주로 달려가는 것인가? 이제는 더 이상 책임을 회피하지 말라!" 이렇게 말하고 싶습니다.

그렇지만 저는 지금 언론과 정치권에서 말하는 '이대남 현상'(이 단어를 쓰기도 싫습니다)에는 동의하지 않습니다. 젊은 남성 중 일부의 목소리가 과대대표되고 있다고 봅니다. 젊은 남성의 목소리를 이용하고 싶은 대로 왜곡해서 기득권을 유지하려는 수단이겠지요. 가부장제와 군사주의의 합작을 유지하기 위해서요. 분명히 다른 목소리들이 자라고 있으니 그 목소리들이 많이 들렸으면 좋겠습니다.

설 연휴가 시작되는 금요일입니다. 작가님은 알코올과 카페인을 거의 끊었다고 했는데, 저는 아마도 알코올은 계속 사랑하지 않을까 싶습니다. 오늘 같은 금요일에 맥주를 마시는 기쁨만은 계속 누리고 싶어요. 그런데 술을 왜 끊었어요? 양조 과정에서 동물성 재료를 사용하는 경우가 있기 때문인가요? 아닌 경우도 있지만 사실 따져보면 많은 경우 논비건일지도 모르겠어요. 저는 술을 가끔 마셔야 저의 채식 지향 생활을 오래 유지할 수 있다고 합리화하지요. 엄격한 비건분들 입장에서 볼 때는 이 또한 모순으로 보이겠어요. 아마도 이런 모순적인 행보를 지속하면서 가급적 오래오래 비건 지향을 확대해나가지 않을까 생각해요. 커피는 저도 요즘 줄이고 있어요. 하루 한 잔씩 꼬박꼬박 마셨는데 요즘은 일주일에 사흘 정도만 마시려고 해요. 커피 원두 가격이 오른다는 뉴스가 종종 보이는데 그 또한 기후위기 때문이라 하더군요. 정말 우리는 계속 이렇게 살면 안 됩니다. '사소한 책임감'의 연대가 절실합니다.

절에서 나온 뒤 저는 전국을 떠돌았어요. 재미있는

건, 그렇게 떠돌다 보니 또 다른 방랑자들을 만나게 되더군요. 홀로 돌아다니는 사람들끼리 서로를 알아보고 보길도에 들어가 함께 숙박하기도 했습니다. 연락처도 주고받지 않고 각자의 길을 떠났는데 아직도 그들의 이름을 기억합니다. 어딘가에서 다들 잘 지내기를 바라죠.

범선님은 시민단체, 책방, 출판사만으로도 충분히 일이 넘쳐 보이는데 밴드 활동까지 하는 모습이 경이롭습니다. 저는 노래를 못해서, 제가 가장 부러워하는 사람이 노래하는 사람이랍니다. 반농담으로 "내가 노래를 잘했으면 인생이 달라졌을 것이다"라고 떠들고 다녀요. 음악, 그중에서도 사람의 목소리로 전하는 소리 예술만이 표현할 수 있는 내용과 건드릴 수 있는 감정이 있으니까요.

제가 워낙 다양한 예술 장르에 관심을 품은 '정치적' 인간이다 보니 자연스럽게 '예술사회학'이라는 세계로 흘러들어갔습니다. 제가 비건 지향의 일상을 추구하려는 것도 어찌 보면 창작과 참여의 일환이 아닐까 생각해요. 1월 초에는 나뭇잎을 모아 벽돌을 만든 정승혜 작가의 개인전을 봤습니다. 저는 이런 상상력이 좋습니다. 다른 방식의 삶, 조금이라도 덜 죽이고 함께 사는 삶을 상상하는 창작 행위를 통해 사회에 개입하는 것을 좋아합니다.

그럼, 설 명절 잘 보내시길 바랍니다. 춘천에서 보

내시나요? 저처럼 느슨한 채식인들은 상대적으로 덜하지만, 비건에게는 명절이 충돌의 시간이기도 하겠지요. 명절 연휴 기간이라도 잘 쉬시길 바랍니다.

2022년 1월 28일
김포에서
라영 드림

조신함의 정치

전범선

라영님께, 조심스럽게

명절을 보내고 나니 마음이 조금은 여유로워졌어요. 춘천에 가서 어머니와 시간을 가졌습니다. 저의 짝꿍과 왕손이, 그리고 동물해방물결에서 함께 일하는 친구 두 명과 함께했어요. 여섯이 봉의산에 올라 '야호'를 외쳤습니다. 그러고는 다함께 비건 만두를 빚어 먹었어요. 한 가족 같았습니다. 덕분에 이번 설은 시끌벅적했네요. 저는 운 좋게도 어머니와 갈등이 없지만, 다른 친구들은 명절 때 가족을 만나서 식사하는 것이 고역이라고 하더라구요.

제가 노래를 하는 건 어머니 영향이 커요. 지금은 춘천에서 헌책방을 하시지만, 20대 때는 밴드 보컬을 하셨죠.

식구들과 함께 먹는
비건 만두

1. 양파, 쪽파, 둥근호박, 표고버섯을 썰어 손질합니다. 표고버섯 말고 계
   절에 맞는 다른 버섯을 넣어도 좋아요.
2. 두부의 물기를 빼고 으깹니다.
3. 미리 불린 당면을 삶습니다.
4. 준비한 모든 재료를 섞고, 소금과 간장으로 간을 맞추면 만두소 완성!
5. 만두피 가장자리에 물을 바르면서 소를 넣어 만두를 빚습니다.
6. 완성된 만두를 찜기에 찝니다.
7. 감사한 마음으로 맛있게 먹습니다.

조신함의 정치

사실 풀무질을 인수하게 된 것도 어머니 때문이 아닌가 싶습니다. 제가 가수가 되겠다고 했을 때도, 책방을 하겠다고 했을 때도 어머니는 반대하셨어요. 하지만 어릴 적부터 저는 어머니가 기타 치며 노래하는 것을 감상할 때 가장 행복했습니다. '아직 숨은 헌책방'에 앉아서 차를 마시고 책을 보는 시간이 참 소중했습니다. 엄마처럼 살겠다는 아들을 어찌 말리겠어요. 이번 설날 아침에는 제가 피아노로 비틀스의 〈렛잇비Let it be〉를 연주했습니다. 일동이 '떼창'하며 힘찬 새해를 맞이했지요. 있는 그대로 내버려두자!

물론 '될 대로 되어라'는 아닙니다. 저는 부끄러운 반성을 했습니다. 여태까지는 하고 싶은 것만 하는 것이 자유라고 믿고, 그렇게 삶을 설계해왔습니다. 2~3년 자유를 좇다 보니 두려운 결과가 발생했습니다. 책임지지 못할 일이 많아진 것입니다. 밴드를 하면서 식당, 출판사, 책방, 시민단체 등 여러 일을 병행했습니다. "충분히 일이 넘쳐 보이는데 밴드 활동까지 하는 모습이 경이롭다"는 라영님의 말씀에 솔직히 민망합니다. 저의 본업은 창작, 즉 음악과 글쓰기인데, 그 외에 벌려놓은 일이 넘쳐났던 것입니다. 하고 싶고 할 수 있으니까 시작했지만, 지속하기가 쉽지 않았습니다.

제일 먼저 무너진 것이 식당입니다. 두 명과 동업을 했는데, 그중 셰프가 특히 고생할 수밖에 없는 구조였습니다. 셰프의 어머니가 어느 날 저에게 찾아와 말씀하셨습니다. 당신 딸을 부엌에 두고 투자를 받겠다고 나돌아다니는 것은 전형적인 '나쁜 아버지'의 모습이라고. 저는 머리를 한 대 얻어맞은 기분이었습니다. 곧장 식당을 폐업했습니다. 무책임한 대표 노릇을 하니 늦기 전에 그만두는 것이 동업자 간의 신의를 지키는 길이었어요. 셰프는 어머니와 함께 새로운 비건 식당을 운영 중입니다. 저는 가끔 손님으로 찾아가 안부를 전합니다.

두루미와 풀무질, 동해물도 마찬가지였습니다. 저는 씨를 뿌리기만 하고 제대로 가꾸지 못했습니다. 살림을 맡은 식구들만 고생이었습니다. 막상 책임을 지려고 하니까 저는 조심스러워졌습니다. 예전처럼 함부로 일을 벌이지 못했습니다. 보수적으로 바뀌었어요. 사실 진정한 보수의 덕목은 책임이죠. 지킬 것을 잘 지키는 태도입니다. 책임지지 못할 일은 안 하려고 하니, 저의 말과 행동이 조신해졌습니다. 일단 미안하고 고마운 마음이 앞섰습니다.

기차에서 찍힌 윤석열 대선 후보 사진 덕분에 요즘 '쩍벌'과 '쭉뻗'이 화제인데, 참 조신하지 못한 자세입니다. 조심하지 않는다는 뜻이지요. 책임보다는 권위가 몸에 배어 있다는 증거입니다. 저도 가끔씩 동료들과 일할 때 성과주의적이고 능력주의적인 발언을 할 때가 있습니다. "왜 아직도 이 일이 안 되었느냐"는 식으로 묻지요. 그럴 때마다 "전범선은 엘리트주의적이어서 재수 없다"는 비판이 돌아옵니다. 다들 친하니까 농담 반 진담 반으로 반격하는 겁니다만, 저는 뜨끔합니다. 학창 시절 습관이 무서워요. 대선을 앞두고 김누리 교수님이 〈오마이뉴스〉 대담에서 지적하신 것처럼 대한민국은 미성숙한 엘리트가 지배합니다. 저처럼 공부만 하면서 경쟁에서 승리한 자들이 권력을 갖고, 그것이 당연한 권리인 양 권위를 휘두릅니다.

구조적 폭력에 대한 외면이 문제라는 말씀에 크게 공감합니다. 모든 남성이 여성에 대한 잠재적 가해자라는 말이 왜 받아들이기 힘들까요? 모든 인간이 비인간 동물에 대한 잠재적 가해자라는 말과 일맥상통하지 않나요? 예전에 자사고 폐지 논란이 있었을 때 저는 민사고는 없어져야 한다는 칼럼을 썼습니다. 개인적으로 모교를 사랑하고, 자식을 낳아도 민사고에 보내고 싶지만, 연간 학비가 2500만 원인 귀족 학교는 평등의 가치에 어긋납니다. 사실 아이비리그도 옥스브리지도 그렇죠. 카투사도 마찬가지입니다. 제가 누려봤기에 누구보다도 그 불평등을 잘 압니다. '조국 사태' 이후 저는 '내로남불'과 공정에 대해 많이 고민했습니다. 제가 속한 집단의 구조적 특권을 인정할수록 저는 자아비판과 자기부정의 강도를 높일 수밖에 없었습니다. 남이 보면 그야말로 자가당착, 내로남불의 전형입니다. 민사고 나온 사람이 민사고 없애자 하고, 카투사도 없애자 하니까요. 전형적인 사다리 걷어차기 같아 보일 수 있습니다.

　　하지만 서울대 나온 사람이 서울대를 없애자고 해야 학벌주의가 빨리 무너지지 않을까요? 백인이 흑인 민권을 지지하는 게 내로남불은 아니겠지요. 페미니스트 남성이 많아질수록 가부장제에 균열이 생깁니다. 사실 비거니즘은 뿌리부터 모순적입니다. 인간 중심주의를 벗어나려는 인간의 운동이니까요. 나도 완벽하지 않으면서 남에게 나아지자고 주장합니다. 제가 평생 얼마나 많은 동물을 죽였는지 모릅니다. 비건이 된 이후에도 순결하지 않습니다. 라영님의 말씀처럼 생명이란 살기 위해 살생할 수밖에 없어요. 정도의 차이는 있어도 모두가 서로에게 빚지고 삽니다. 잠재적 가해자일 뿐만 아니라 실질적 가해자입니다. 이토록 잔혹한 자연의 순리를 직시하고, 최대한 운명을 거스르는 것이 문명의 진보라고 믿습니다. 정글의 법칙을 벗어나 조금이라도 덜 죽이고 더 살리는 방향으로 가는 것. 그 시작은 구조적 폭력에 대한 자성이 아닐까요? 오늘날에는 비인간 존재에 대한 폭력이 압도적으로 큽니다. 그걸 비판할 수 있는 존재는 인간뿐이죠. 과도한 죄책감은 건강에 해롭지만, 인류세를 사는 인간은 죄책감 없이 한시도 숨 쉴 수 없습니다. 우리는 모두 조심해야 합니다. 책임감을 갖고 조신해져야 합니다.

　　기후생태위기에 대한 책임의 성별화도 문제이지만, 세대화도 심각합니다. 현재 지구 살림에 가장 앞장서는 주체는 젊은 여성입니다. 그레타 툰베리Greta Thunberg가 그 상징이지요. 기성세대가 저질러놓은 탄소 배출과 생태 파괴를 미래세대가 책임져야 합니다. 살리는 정치는 책임지는 정치입니다. 돌봄과 연대의 책임을 통감하는 지도자를 뽑고 싶습니다. 뉴질랜드, 핀란드, 스웨덴 같은 '환경 선진국'의 총리가 젊은 여성인 것은 우연이 아닙니다. 이번 대선을 보며 저는 답답하지만, 한편으로는 완전히 체념했기에 속이 시원합니다. 거대 양당에는 아무런 희망도 걸지 않기로 했습니다. 오직 새로운 세력, 새로운 정당이 나타나기를 바랄 뿐입니다. 지난 총선 때는 동물당을 이야기하다가 보류했는데, 지금은 살림당을 꿈꿉니다. 살림당에서는 페미니즘이 최우선 전제가 되어야 합니다. 동물을 살리고 지구를 살리는 정치는 여성이 권력을 쥐어야 가능하다고 생각합니다. 이데올로기 때문이 아니라 다분히 현실적인 판단입니다. 중년 남성에게 책임을 기대하는 건 무모합니다. 제가 할 수 있는 일은 기득권 세력이 상정하는 '이대남'과 다른 목소리를 내는 것뿐입니다.

  술을 끊은 건 비거니즘과 딱히 상관이 없습니다. 제가 원래 알코올에 취약합니다. 예전에는 철저히 사회적인 이유로 술을 마셨습니다. 그런데 어느 날 생각해보니 딱히 필요하지도, 유익하지도 않더라구요. 그래서 술도 고기처럼 한번 끊어보기로 다짐했습니다. 막상 안 마시니 좋아서 유지하고 있습니다. 카페인은 사실 끊었다고 말 못 하겠습니다. 커피 대신 차를 많이 마십니다. 알코올과 달리 카페인은 의식을 또렷하게 해서 좋습니다. 다만 잠을 방해해서 조절하는 중입니다. 채식에서 비롯된 습관이 점점 '바이오해킹Biohacking*으로 이어집니다. 저의 몸과 마음을 최적화하고 싶은 욕망이 커요. 요새 제가 포스트휴머니즘에 관심이 많아서 더 그런 것 같습니다. 로지 브라이도티Rosi Braidotti를 탐독하고 있습니다.

  라영님께서 참여하신 책 《우리는 다 태워버릴 것이다》도 틈틈이 읽고 있습니다. 라영님이 번역하신 것이 어떤 선언문인지 궁금합니다. 근우회 선언문은 허정숙이 쓴 것처럼 보이는데, 두루미 사상서 《나의 단발과 단발 전후》에 넣지 못한 게 아쉽습니다. 그라임스Grimes의 글도 신선한 충격이네요.

---

* 건강과 행복을 증진하기 위해 신체, 식단, 생활 양식을 바꾸는 것.

보길도에 가보고 싶어요. 명절은 어찌 보내셨나요? 다음 편지를 보낼 때는 차기 대통령이 결정되어 있겠군요. 대선이 더 이상의 혐오감을 주지 않고 지나갔으면 하는 바람입니다.

2022년 2월 16일
해방촌에서
범선 모심

목소리를 내고 있는
사람의 목소리

이라영

무사하기를 바라며, 범선님께

겨울이 지나가고 있네요. 며칠 전 3차 백신을 맞았습니다. 2차 백신 때는 미열이 있고 입이 썼는데 이번에는 주사 맞은 팔만 아프고 다른 증상은 아직 없네요.

오랜만에 강릉에서 명절을 보냈어요. 강릉집은 길고양이들의 급식소입니다. 점점 밥을 먹으러 오는 고양이들이 늘어나면서 아예 거주를 하게 된 아이들도 있습니다. 그 아이들에게는 봄, 여름, 가을, 겨울이라는 이름이 있는데 이제는 어느 정도 집고양이처럼 되었어요. 사람이 간식을 주기를 기다리지요. 찾아온 인연이라 감사히 생각하고 간식을 챙겨 부모님 댁에 보내드립니다. 그러면서도 동시에 인간이

주는 간식 때문에 고양이들이 자연에서 사냥 습관을 잃어버리는 건 아닌가 우려가 됩니다. 친해진다는 건 서로를 어느 정도 길들이는 일이라는 생각이 들어요.

지난 편지를 유난히 재미있게 읽었습니다. 작가님의 어머니가 밴드 보컬을 하셨다니 무척 궁금합니다. 언젠가 춘천에 가면 어머니가 하시는 헌책방도 가봐야겠어요. 책방 이름이 뭔지 물어보려 했는데, '아직 숨은 헌책방'이 책방 이름이군요! 어머니 덕분에 가수와 책방 운영이라는 일이 그리 멀게 느껴지진 않았겠어요.

저도 20대 후반에 여러 가지 일을 동시에 참 많이 했어요. 지금의 범선님처럼 '대표', '자문위원' 같은 괜찮은 명함을 가진 건 아니었습니다. '어시스턴트'를 반복하다 그럴듯한 '연구원', '간사' 혹은 '기획자'로 불렸지만 실체는 불안정 그 자체였어요. 문화예술계에서 젊은 여성의 노동은 일회용품 취급받는다는 사실을 처절히 느끼던 시절입니다. 그 당시에는 정말 이것저것 해보면서 거의 발악에 가깝게 버둥거렸어요. (성희롱과 성추행 방어는 기본이고요!) 그나마 다행이라면 당시의 그 많은 일들이 어떤 식으로든 나에게 스며들었고, 내 인생의 중요한 일부를 이뤘다는 것이에요. 전시 기획을 하고, 객원기자라는 신분으로 정기적으로 글을 쓰고, 하우스 파티를 만들면서 뭐라도 이 세상에 목소리 내려고 애쓰던 시간이 떠오릅니다.

　　"자유를 좇는다"는 말을 읽으며 나는 이전에 무엇을 좇았고, 지금은 또 무엇을 좇고 있을까 곰곰히 생각해봤어요. 자유? 제 메일 주소에 'jayuin'이 들어가잖아요. 하하! 자유를 갈망하지요. 내가 생각하는 그 '자유'가 뭘까 생각해보니, 저에게는 계속 저항이었단 생각이 들어요. 세상이 나를 조종하려는 것을 참을 수 없다고 해야 할까요. 아주 깊은 곳에서 솟구쳐 올라오는 그런 감정이 있어요. 아마 그 감정이 나를 굴러가게 하는 가장 기본적인 원동력일지도 모르겠어요.

　　저는 얼마 전에 제주도에 다녀왔어요. 동쪽으로 일정이 잡힌 날에 제주에 있는 서점 풀무질에 들르려고 했는데 수요일이라 문을 닫았더라고요. 제주에서 바다에 들어가 연산호 군락지를 보았고(잠수함을 타야 해서 심하게 망설였지만요) 곶자왈과 동쪽 하도리 마을의 철새 도래지를 다녀왔습니다. 무엇보다도 해녀박물관에서 정말 많은 이야기를 얻어왔답니다. 과거에 제주 여성들은 예닐곱 살 무렵부터 잠수를 배웠다고 해요. 만삭의 몸으로도 바다에 들어가 출산 직전까지 일하고, 척추수술을 여러 차례 하고도 여전히 물질을 하는 여성들이 있었습니다. 우리가 먹는 미역을 비롯한 각종 해산물이 이런 가혹한 노동의 결과지요. 실제로 해너의 근골격계 질환은 일반 산업재해보다 발생 확률이 훨씬 높지만, 개인적 질병으로 취급받을 뿐 산업재해로 인식되지 못합니다.

　　서울에 돌아오니 마침 문래동에서 〈곶, 자왈〉이라는 전시가 열리고 있길래 얼른 달려가 봤습니다. 현승의 작가의 〈2072년 3월 15일〉이라는 17분 20초짜리 영상을 넋 놓고 보았답니다. 2072년, 지금과는 전혀 다른 생태 속에서 살아가게 될, 앞으로 50년 후의 뉴스를 전하는 형식이었습니다. 미래의 뉴스에서는 생수로 밥을 짓는 것도 금지했습니다. 맑은 물이 너무도 귀해졌으니까요. 언젠가는 정말 제주 연안의 연산호 군락지도 사라지고, 숲의 생태도 바뀌고, 수많은 새들이 앉아 있던 하도리 바닷가의 모습이 전혀 다른 모습이 되어 있을지도 모르지요. 제주도에는 공항이 여러 개가 되어 새 대신 비행기만 가득할지도 모릅니다. 그렇게 되지 않기를 간절히 소망하지만요.

　　제주를 돌아다니며 가장 많이 본 단어가 아마 '돼지' 혹은 '돈'이 아니었을까 싶어요. 수많은 '돈'의 틈에서 빙떡을 발견했습니다. 메밀전병에 무 무침을 싸서 먹는 음식인데 이번에 처음 먹었습니다. 심심하니 제 입에 잘 맞더군요. 앉은 자리에서 세 개를 순식간에 먹었답니다. 은근히 계속 생각나는 맛입니다.

제주도 이야기를 계속하고 싶지만, 실은 제가 지난 편지를 읽으며 가장 하고 싶었던 말은 지금부터입니다. 범선님이 썼던 민사고가 없어져야 한다던 칼럼, 기억합니다. 아마도 그 칼럼으로 제가 범선님을 처음 알게 되었을 겁니다. 잘 읽었지요. 그런데 저는 그런 주장을 반드시 민사고 출신이 해야 정당성을 얻는다고 생각하진 않아요. 서울대 나온 사람이 서울대를 없애자고 해야 그 말이 받아들여지는 현실을 원하지 않아요. 백인이 흑인 민권을 지지하는 것은 당연히 내로남불이 아니지요. 오히려 매우 바람직하지요. 그러나 흑인의 목소리보다 백인의 목소리가 더 권위를 가지고, 여성의 목소리보다 남성의 목소리가 페미니즘을 말할 때 더 권위를 가지는 사회를 원하지 않아요.

예를 들어 얼마 전 남성 청년들의 집회를 보면서도 그런 생각이 들었어요. "우리는 이대남이 아니란 말입니까"라는 구호를 외치며 등장했지요. 무척 반가웠습니다. 저는 그 목소리가 널리널리 알려지길 원합니다. 실제로 언론을 통해 많이 알려졌습니다. 한편으로는 조금 씁쓸하더군요. 그동안 얼마나 많은 여성들이 목소리를 냈는데, 그 목소리들은 '극단적'으로 취급받지만 남성이 내는 목소리는 '제정신'으로 여겨지니까요. 백인이, 남성이, 고학력자가 목소리를 내야 정상적인 목소리로 여겨집니다.

목소리를 내고 있는 사람의 목소리

이미 많이 가진 사람이 목소리를 낼 때 더 진정성 있게 받아들이는 사회에 늘 불만이 많았어요. 상대적으로 그렇지 못한 사람들의 목소리는 그저 개인적 결핍이 만들어 낸 열등감이나 피해의식으로 취급받거든요. 능력주의를 비판하려면 능력을 갖춰야 하는가? 이런 모순이 계속 발생하지요. 저는 누군가를 대신해서 목소리 내는 사람이 아니라 이미 목소리 내는 사람들의 목소리가 들리는 구조를 만들어야 한다고 생각해요. 그렇지 않으면 지속적으로 어떤 인물이 대표성을 얻는 구조가 반복되겠지요.

얼마 전 리베카 솔닛Rebecca Solnit의 책을 읽다 발견한 "영웅주의는 재앙"이라는 표현이 인상적이더군요. 툰베리에게'만' 조명을 비추고 툰베리의 목소리만 전하는 미디어나 대중의 태도를 지적하는 것이지요. 동의가 되었습니다. 어떤 운동이든 한 사람을 스타로 만드는 것에는 늘 위험이 도사리고 있으니까요. 대중운동을 위해서는 그런 과정이 어느 정도 필요한 면도 있지만, 분명히 조심할 필요가 있다고 생각해요.

《우리는 다 태워버릴 것이다》는 선언문 모음이니 조금씩 나눠서 읽어도 괜찮을 거예요. 저는 그 책을 번역하면서 1960~1970년대에는 여성운동을 하는 여성들에게도 기술에 대한 낭만적 기대가 있었다는 사실을 새삼 발견했지요. 저는 기술의 진보만큼이나 기술의 소유가 중요하다고 생각해요. 어떤 기술이냐가 아니라, 그 기술을 누가 소유하느냐가요. 곧 자본주의 사회에서 자본의 소유자가 누구인지에 따라 우리의 삶이 달라지겠지요.

대선 전에 주고받는 마지막 편지군요. 다음 편지가 도착할 때면 대통령 당선자가 정해졌겠지요. 저는 누구에게 투표할지 정했어요. 국내에서 대통령 선거에 참여하는 건 20년 만입니다. 2007년에는 재외국민 참정권이 없었고, 2012년에 처음으로 재외국민 투표를 했어요. 2017년에는 영사관이 없는 지역에 있었어서 못 했지요. 제가 뽑은 후보가 된 적은 한 번도 없지만 흔히 말하는 '사표론'에 저는 동의하지 않아요. 그건 선거를 이기고 지는 관점으로만 보기 때문이죠. 하지만 세상은 이번 선거로만 결정되는 게 아니니까요.

러시아가 우크라이나를 침공해서 세계가 어수선합니다. 다른 나라의 전쟁이지만 무척 가깝게 느껴집니다. 우크라이나 시민들이 화염병을 만들고 있는 사진을 봤습니다. 죽기를 각오했다는 뜻으로 보여 매우 마음이 아픕니다. 전쟁을 결정하고 시작한 사람은 다치지 않지요. 결국은 양 국가의 민중만 상처 입는다는 생각에 정말 분노가 치밉니다. 영문도 모른 채 사람과 함께 피난길에 오른 반려동물들에게도 날벼락 같은 일이지요. 인간이 이 모든 죄를 저지르고 있습니다. 저는 종교가 없는데, 정말 어딘가에 간절히 기도하고 싶은 심정이에요. 그저 모두의 안전을 기원할 수밖에요.

그럼, 이제 봄에 인사를 나눠요.

2022년 2월 28일
김포에서
라영 드림

추신 : 운영하던 식당 이야기는 참으로 복잡하게 들립니다.
자세한 내막을 알 수 없어 말을 덧붙일 수는 없지만,
제 입장에서는 미처 음식을 먹어보지 못한 게 그저 아쉽습니다.
벌써 2년 전인가요, 누군가가 '소식'을 추천해서
가려고 보니 이미 문을 닫았더라고요.

비거니즘은
우리 모두가 당사자

전범선

자유인 라영님께

이번 편지를 보내는 마음은 예전과 사뭇 다릅니다. 두 가지 이유입니다. 하나는 제가 그간 코로나를 앓았기 때문입니다. 오미크론으로 추정되는데, 자가 진단 키트와 신속 항원 검사에서는 음성이 나왔습니다. 짝꿍은 양성이 나왔고, 저도 완전히 똑같은 증상이라 집에서 며칠 푹 쉬었습니다. 이제 겨우 힘이 나서 편지를 씁니다. 주변에서 안 걸린 사람을 찾기가 힘들어요. 코로나가 일반 감기처럼 바뀌어 집단 면역이 생기는 과정인 것 같습니다. 몸이 괴롭기는 했지만, 끝의 시작이라고 여기면서 내심 반가웠습니다. 라영님은 무고하신지요?

  두 번째 이유는 아무래도 대통령 선거입니다. 사실 오십보백보라고 생각했지만, 막상 이렇게 되니 좀 갑갑합니다. 동물권 운동의 가장 큰 현안이자 오랜 숙원 사업이 개 도살 금지인데, "식용견은 따로 있다"고 주장하는 이가 당선되었으니 말입니다. 그래도 유력 대선 후보가 '개 식용 금지'와 '비건 문화 확산'을 공약으로 내걸었다는 것만으로도 의미가 있다고 봅니다. 라영님이 뽑은 후보가 대통령이 된 적이 한 번도 없다고 하셨는데, 2027년에는 꼭 그리 되기를 바랍니다. 거대 양당 구조가 바뀌어야 가능하겠죠?

  라영님이 문화예술계에서 젊은 여성으로서 겪으셨던 일들을 저희 어머니도 비슷하게 경험하셨어요. 저는 머리 크고 나서야 이야기를 들었지요. 어머니가 1980년대 미8군 투어 밴드의 일원으로, 명동 다방의 디제이로 활동하면서 어떤 고초를 당하셨을지 상상이 갑니다. 결혼과 출산 뒤에는 저를 양육하는 데 몰두하셨죠. 제가 대학교에 진학한 뒤에야 비로소 꿈을 찾는 마음으로 '아직 숨은 헌책방'을 여셨습니다. 얼마 전에 춘천 지역 라디오 방송에서 어머니를 인터뷰했는데, 책방 문을 열었던 날이 인생에서 제일 행복했다고 하셨어요. 저는 제가 태어난 날인 줄 알았는데, 외동아들의 오만함이었습니다.

  어머니는 제가 예술을 하겠다고 했을 때 전적으로

응원해주셨지만 한편으로는 억울해하셨어요. 기껏 허리띠 졸라서 비싼 공부 시켜놨더니 지 하고 싶은 것만 한다고, 자식새끼 애지중지 키워봐야 다 소용없다고, 당신도 앞으로는 이기적으로 살겠다고 하셨어요. 아버지가 갑작스레 돌아가신 것도 타격이 컸죠.

제일 가슴 아팠던 말은 "부럽다"였어요. 너는 하고 싶은 것만 하면서 자유롭게 살아서 좋겠다고, 모두가 그럴 수 있는 건 아니라고 하셨어요. 남들이 저를 부러워하는 건 기분이 좋을 때도 있었지만, 어머니가 부러워하실 땐 너무나도 부끄러웠어요. 제가 어머니를 닮아서 이렇게 살고 있다고 확신하는데, 그렇다면 어머니도 젊었을 때 얼마나 자유를 원했겠어요? 내가 나를 잘 알고, 이 피가 어디서 왔는지 뻔하거늘, 우리 엄마는 정녕 나를 키우는 게 꿈이었을까? 당연히 아니었겠죠. 자유인을 낳기보다는 자유인이 되기를 바랐겠죠.

저는 군대에 있을 때 자유에 대한 갈망이 있었어요. 제가 억압을 당한다고 느끼고, 저항하고 싶은 마음도 컸죠. 하지만 진로 선택을 하고, 어머니에게 죄송한 마음이 생긴 이후에는 더 이상 자유를 좇지 않아요. 저 같은 엘리트 남성이 자유에 집착하는 건 저항과 거리가 멀더라구요. 특권 사수에 가깝죠. 그래서 사랑에 천착하기로 했어요. "느끼는 모두에게 자유를!"이라는 동해물 슬로건이 저는 곧 사랑이라고 믿어요.

라영님의 지적처럼, 특권을 가진 사람이 특권을 비판할 때 더 진정성 있게 받아들이는 사회는 문제가 있습니다. 능력 있는 사람이 능력주의를 비판해야 먹히는 꼴이죠. 저는 내로남불과 자가당착이라는 딱지를 걱정하기도 하지만, 능력주의를 비판하는 최선의 방식이 무엇일지가 더 고민입니다. 학벌주의를 고학력자가 비판하고 가부장제를 남성이 비판하는 것이 우스운 만큼, 이성 중심주의를 이성적으로 비판하는 것이 참 우스꽝스럽거든요. 말하고 생각하는 능력이 없어도 고통과 행복을 느끼는 능력만 있다면 누구든 보호받을 권리가 있다고 주장할 때, 그 메시지를 논리가 아닌 '느낌'으로 전달하는 게 관건입니다.

그래서 예술의 힘이 중요해요. 추천하신 현승의 작가의 작품을 유튜브로 봤어요. 글이 담겨 있는 영상이지만, 이성보다는 직관으로 다가옵니다. 2072년을 간접적으로 살아본 기분이네요. 제가 동물해방에 처음 관심을 갖게 된 것은 철저히 이성적인 이유였어요. 그러나 동물해방 운동을 할수록 근대 문명을 지탱하는 능력주의와 이성 중심주의 자체가 문제라는 생각이 커집니다. 인간이 정상이고 비인간 동물은 비정상이라는 전제에는 인간만이 가진 능력, 바로 이성에 대한 신앙이 깔려 있기 때문이죠.

여기서 동물해방의 본질적인 딜레마가 발생합니다. 말씀하신 것처럼 여성해방은 남성이 주도하지 않는 것이 좋고, 장애해방은 비장애인에 의지하지 않는 것이 좋습니다. 하지만 동물해방은 인간이 이끌지 않을 수 없습니다. 인간 동물에 의한 비인간 동물의 해방이어야만 합니다. 개, 소, 돼지, 닭이 스스로 조직하여 육식주의와 종차별주의를 무너뜨릴 수 없습니다. 제가 라영님이 경계하시는 지점을 인지하면서도 계속해서 불평등에 대한 목소리를 내는 이유는, 바로 비인간 동물에 대한 부채의식 때문입니다. 여성을 비롯한 동료 인간을 위해서는 묵묵히 연대하고 뒤에서 지지하는 것이 낫다고 믿습니다. 시스젠더 헤테로 남성이 괜히 여기저기서 발언권을 갖는 건 오히려 특권 남용이겠죠. 그런데 정말 목소리를 내지 못하는 동물들, 목소리는 있어도 말 못하는 동물들을 생각하면 결론이 달라집니다. 그들의 이익을 제가 조금이라도 대변해야 합니다. 주어지는 지면을 십분 활용하여 최대한 많은 사람을 설득하고 싶습니다. 저도 모르게 말이 많아집니다.

비거니즘 잡지 《물결》의 이번 호 주제가 '교차성×비거니즘'입니다. 출판사 동료들이 처음 그 주제를 제안했을 때, 저는 회의적이었습니다. 미국의 흑인 여성이 처한 현실적이고 중첩된 억압에서 비롯된 교차성 이론을 과연 비거니즘에 적용할 수 있을까? 저도 비거니즘과 페미니즘과 에콜로지가 하나라고 믿고, 다른 담론과의 연결성에 주목해야 한다고 생각합니다. 하지만 교차성을 논하기에는 스스로 당사자성이 없는 것이 마음에 걸렸습니다. 가해자이자 특권층인 인간에 의한 운동일 수밖에 없는 비거니즘이 교차성을 운운하는 것이 매우 조심스러웠습니다.

그런데 막상 잡지를 만들며 여러 원고를 읽고 저의 칼럼을 쓰고 나니, 확신이 생겼습니다. 비거니즘이야말로 모든 해방 담론이 교차하는 지점입니다. 개인이 겪는 여러 차별과 억압의 꺼풀을 하나씩 벗기고 나면, 남는 것은 누구나 살고 싶고, 사는 동안 더 행복하길 바란다는 사실입니다. 이는 인종, 젠더, 계급, 나이, 학벌, 장애 유무와 상관없이 우리가 동물이기 때문에 느끼는 공통의 감정입니다. 인간적이지도 이성적이지도 않은 욕망입니다.

저는 동물해방에 이르러서야 교차성 이론이 보편성을 갖는다고 봅니다. 여성해방, 퀴어해방, 장애해방 등에 대해서는 가해자와 피해자, 사회적 다수자와 소수자가 명목상으로라도 갈릴 수밖에 없습니다. 제가 페미니스트여도 여성은 아니니까요. 그러나 저는 비건이자 동물입니다. 사람은 다 동물입니다. 인간 종 내부의 모든 정체성 정치가 동물권 앞에서는 교차하는 무수한 껍데기로 환원됩니다. 당사자성이 없다는 저의 걱정은 기우였습니다. 비거니즘은 역설적이게도 소수자 정치 중 유일하게 모든 시민이 당사자성을 지닌 운동입니다.

오늘날 인류는 전형적인 가부장의 무책임한 행태로 일관하고 있습니다. 지구라는 집안 살림을 등한시하고 바깥일 한답시고 우주선이나 쏘아댑니다. 심지어 이 시국에 침략 전쟁까지 벌이고 있습니다. 저는 무책임한 인류가 책임을 지는 것이 최우선이라고 믿습니다. 그것이야말로 참된 계몽이자 성숙이라고 생각합니다. 현재 호모 사피엔스가 다른 종에 비해 막강한 권력을 지닌 것은 부정할 수 없습니다. 종평등적인 관점으로 봐도 인간이 다른 종보다 훨씬 책임이 큽니다.

비거니즘이 인간 동물에 의한 비인간 동물의 해방이듯이, 에콜로지도 인간에 의한 뭇 생명의 살림일 수밖에 없습니다. 저는 지구 살림과 생명 살림 모두 여성이 정치권력을 쥐어야 이룰 수 있다고 직감합니다. 가모장 내지 가녀장이 대안입니다. 뉴질랜드, 스웨덴, 핀란드, 아이슬란드의 사례에서 낌새가 보입니다.

이번 대선을 겪고 저는 체념했습니다. 기성 정당에 어떠한 기대도 하지 않기로 했습니다. 앞으로 5년, 10년 안에 살림의 가치를 전면에 내건 새로운 정치 세력이 등장하기를 바랍니다. 동물권 보장을 위해서도, 기후생태정의를 위해서도 여성의 정치권력 확대가 중요합니다. 우크라이나를 보면서 《전쟁은 여자의 얼굴을 하지 않았다》라는 진리를 되새깁니다. 책의 저자인 스베틀라나 알렉시예비치Светлана Алексиевич가 알고 보니 우크라이나 출신이더라구요. 전쟁과 죽임이 남자의 얼굴을 했다는 것은 반대로 평화와 살림은 여자의 얼굴을 했다는 뜻이겠죠. 이분법과 일반화는 경계해야 옳지만, 요즘 같은 극단적 시대에는 본질을 드러내는 효과적 장치가 되기도 합니다.

　　무거운 말만 늘어놓으니 제가 우울한 것처럼 느껴지실 것 같아요. 사실 저는 매우 설렙니다. 다음 달에 양반들의 새로운 싱글이 나오거든요! 〈두무개다리〉라는 노래예요. 이번 주말부터 홍보 차원에서 클럽 공연을 돕니다. 라영 님도 시간 되시면 놀러 오세요! 5월에는 합정의 라이브 홀에서 더 크게 하니 그때 오셔도 좋구요. 코로나 규제가 풀리면서 그동안 근질근질했던 양반들이 시동을 걸고 있습니다. 공연에 오시면 댄스 가수로 거듭난 저의 몸짓을 목도하실 수 있습니다. 점점 인간의 언어로 가사를 짓는 것보다 음악에 몸을 맡기는 데 의미를 두고 있어요. 해방된 동물의 몸부림이 곧 로큰롤 아닐까 싶습니다.

봄의 기운이 완연합니다. 오미크론의 마수가 라영 님께는 뻗치지 않기를 기원합니다.

2022년 3월 16일
해방촌에서
전범선 모심

추신 : 신간에 추천사를 써주시기로 했다고 들었습니다.
감사합니다. 공저한 짝꿍이 영광이라며 난리입니다.
읽으시면서 이 서간문과는 다른 재미가 있으면 좋겠습니다.

비거니즘은 우리 모두가 당사자

3장

살림과 풍류

생각하는 손

이라영

생각하는 손을 생각하며, 범선님께

이런, 그사이 코로나로 고생하셨군요! 1차 백신을 맞고 응급실에 갔던 이야기는 몇 달 전 칼럼에서 읽었어요. 백신을 맞고 그렇게 고생했는데 코로나도 걸리다니, 정말 힘들었겠어요. 엊그제 뉴스를 보니 코로나 환자의 87퍼센트가 1년이 지나도 후유증에 시달린다고 합니다. 감기와 비슷한 증상이라고들 하지만 후유증을 보면 감기와 차이가 커 보입니다. 저는 '아직' 코로나에 감염되지 않았지만 이제는 언제 누가 걸려도 전혀 이상하지 않은 상황이지요.

얼마 전 범선님과 편지지님의 원고를 읽고 추천사를 보냈습니다. 아직 책을 받아보진 못했지만 두 분의 출간을 축하드려요. 그래서 요즘 범선님의 이야기가 머릿속에 뒤죽박죽 들어와 있는 상태랍니다. 우리가 나누는 편지, 가끔 읽는 칼럼, 거기에 편지지님과의 공저까지 미리 읽다 보니 예상치 못하게 전범선을 입체적으로 읽는 상황이 되어버렸군요! 가끔 막 헷갈려요. 이 이야기를 칼럼에서 읽었던가, 편지에서 읽었던가, 책 원고에서 읽었던가.

　　범선님과 지지님의 원고를 읽으며 흥미로운 점을 발견했답니다. 전범선의 말이 아니라, 전범선과 함께 사는 사람의 말을 통해 듣는 전범선은 다소 다른 인물이었거든요. 아마도 모든 사람이 그렇겠지요. 함께 살면 마주 보거나 나란히 서는 것뿐만 아니라 뒤통수를 볼 때도 많으니까요. 제가 느낀 두 분 작업의 재미는 바로 그 지점이었어요. 좀 짓궂지만, 그래서 추천사의 마지막 문장을 포기할 수 없더군요. 하하!

　　대선 결과는 생각할수록 한숨이 나오지만, 너무 우울해하지 않으려 애쓰는 중이랍니다. 이럴 때일수록 저는 마음을 다잡고 스스로에게 양분을 주려고 노력하는 중이에요. 국립중앙박물관에서 〈아시아를 칠하다〉라는 전시를 봤습니다. 아시아의 옻칠 공예를 한자리에서 볼 수 있는 기회였지요. 나무를 깎아 그릇이나 서랍, 장신구 등을 만들고 옻나무에서 나온 진액을 바르며 완성하는 작업입니다. 옻나무 껍질에서 채취한 진액을 나무 위에 바르면 붉은색이 나고, 계속 바르다 보면 검은색으로 변하더군요. 우리가 "칠흑 같다"고 할 때 '칠흑'이 바로 이 옻칠을 통해 만들어지는 검은색을 뜻한다는 사실을 이번에 알았답니다. 나무의 변신은 정말 무한해요. 나무에게 과연 죽음이 있을까 싶어요. 모든 순간이 아름다운 생명체이고 생물학적으로 죽더라도 곳곳에서 계속 다른 생명체에게 도움을 주지요. 죽은 나무에서 버섯이 자라고, 지금 제가 사용하는 책상이나 우리가 만들어내는 책도 모두 나무에 의지하고 있어요. 인간이 사는 동안 나무의 돌봄을 받지 않고 살 수는 없을 겁니다. 그렇지만 인간은 나무를 너무 괴롭히고 있어요.

얼마 전 강원도와 경북에서 심각한 산불이 벌어졌지요. 9일 만에 진화했는데, 역대 최장기 진화 시간이었다고 해요. 제 부모님 집에서 그리 멀지 않은 곳에서도 산불이 났답니다. 아버지 고향인 울진에는 해마다 벌초를 하러 다니는 몇몇 조상분들의 묘가 있기도 해요. 우리 가족들은 뉴스를 주시하며 산불이 제발 빨리 꺼지기를 간곡히 빌었어요. 금강송 군락지를 지키려고 소방관들이 사투를 벌이는 모습을 보면서 조마조마했어요. 그런데 어쩐지 기시감이 들더군요. 불과 몇 년 전인 2019년에 속초와 고성에서도 대형 산불로 상당한 피해를 입었잖아요. 그때는 적송이 시커멓게

탔답니다. 매번 같은 상황이 반복되지요. 수많은 이재민이 발생하고, 탈출하지 못해 죽거나 다친 동물들을 보게 됩니다. 그리고 3년 전에 했던 지적을 똑같이 해야 합니다.

겨울 내내 영동지방이 건조했어요. 전보다 더 건조하고 바람이 많이 분다고 지역 주민들이 항상 걱정했답니다. 산불 주기가 더 잦아지는 이유 역시 기후위기일 겁니다. 그 피해를 고스란히 지역민, 동물, 헤아릴 수 없이 많은 식물과 미생물이 입고 있어요.

이 파괴적인 세상에서 너도나도 부지런히 생산하는 것이 있다면 아마도 쓰레기가 아닐까요. 다들 소비하고 파괴하고 쓰레기를 만들어요. 저는 갈수록 수공예의 가치를 회복해야 한다는 생각을 많이 합니다. 리처드 세넷 Richard Sennett 의 《장인》을 읽어보셨나요? 눈앞의 현실에 우울해하면서도 조금 더 멀리 보며 희망을 갖는 습관을 위해, 저는 꾸준히 뭔가 만들어내는 걸 좋아해요. 요리는 그중 하나지요. 일상의 평정심을 유지하기 위해 '생각하는 손'이 될 필요가 있어요. 노동과 예술은 머리와 협업하지요. 요리를 해보지 않은 사람보다는 해본 사람이 조리법을 더 잘 이해하고, 조리법을 쓰기도 쉬워요. 공구를 다루며 무언가 만들고 조립해본 사람이 제작설명서를 이해하기 더 쉽고요. 만들기는 곧 생각하기.

　　오래도록 기억에 남아 있는 어린 시절의 한 장면이 있습니다. 이른 아침 아빠가 이런저런 공구를 늘어놓고 구시렁대며 뭔가를 만드는 모습입니다. 동생이 유치원에서 병원놀이를 한다며 의료기구를 만들어가야 한다고 했기 때문이죠. 손재주가 없는 아빠에게 난감한 과제였습니다. 아빠는 집에서 이런저런 전선줄과 쇠붙이를 찾아 간신히 청진기 비슷한 물건을 만들어 유치원에 가는 동생 손에 들려 보냈습니다.

　　그날 오후 유치원에서 전화가 왔습니다. 그 전화를 받던 엄마의 모습이 눈에 선합니다. 빨간 전화기의 수화기를 든 엄마는 연신 민망한 웃음을 지으며 알겠다는 답을 했습니다. 동생의 유치원 선생님에게 걸려 온 전화였습니다. 문구점에 가면 병원놀이 장난감 세트를 판다고 해요. 다들 그 장난감을 사 왔는데 우리 집만 집에서 만들어 보낸 것이지요. 다행히도 아직 동생에게 놀이 차례가 안 왔으니 다음 날 새로 가져오면 된다고 선생님은 친절히 알려줬습니다. 전화를 받은 이후 부모님은 몹시 민망해했습니다. 번듯한 장난감을 팔고 있는 줄도 모르고 집에서 '허접하게' 만들려고 그렇게 애를 썼다는 사실이 부끄러웠던 것이지요. 당장 병원놀이 장난감을 구입했어요. 작고 하얀 플라스틱 가방에 청진기, 주사기 등이 잘 갖춰진 번듯한 장난감이 생겼습니다.

저는 세월이 흐를수록 그날의 기억을 자주 떠올립니다. 계속 생각해봤어요. 왜 유치원 선생님은 집에서 만들어 간 장난감을 놀이에 사용하지 않고 구입한 장난감으로 통일시키려 했을까요. 물론 보기에는 훨씬 그럴듯하고 좋아 보입니다. 그렇지만 저는 두고두고 생각해도 마음에 들지 않습니다. 직접 장난감을 만들면 도구를 만드는 행위, 각자 집에서 다른 모양새로 만든 다양성, 버려질 물건의 재활용 등 여러 가치를 배울 수 있습니다. (집에서 꼭 만들어 올 필요는 없습니다. 그것도 부모들에게 부담이 되니까요. '구입'을 권장하는 게 이상하다는 뜻입니다.) 그런데도 '돈을 주고 구입'하는 것이 이 모든 가치를 누르고 더 좋은 가치로 여겨지지요. 친구들과 똑같은 장난감이 아닌, 집에서 만든 장난감은 초라해집니다. 수공예의 가치를 배우며 만들어가는 사람이 되는 게 아니라 구입하는 소비자로 길러지죠. 더구나 출근 전에 쩔쩔매며 청진기를 만들려고 애쓰던 아빠의 모습이 꽤 좋은 기억으로 남아 있답니다. 그러나 유치원에서 걸려 온 전화 한 통으로 갑자기 부모님은 '뭘 모르는' 사람들이 되어 스스로 부끄러워했지요.

저에게 비거니즘은 이러한 소비 중심의 자본주의에 근본적인 질문을 던지는 행위이기도 합니다. 시장은 '고객님'에서 벗어나고 싶어 하는 사람들을 좋아하지 않겠지요.

그래서 요즘 '비건'도 여러 기업에서 재빠르게 상품화하고 있어요. 가끔 어처구니없는 광고도 보지만 관심을 가지는 사람들이 늘어난다는 점에서 양가적 감정을 느낍니다. 그러나 근본적으로 어떤 운동이든 저는 소비를 통해서는 한계가 있다고 생각해요. 상품이란 건 착취와 억압의 구조를 포장하기 좋으니까요. 제게 비거니즘은 단순히 '무엇을 사지 않는다', '무엇을 먹지 않는다'는 선택지가 아니라 차별과 억압에 대한 총체적 사유가 교차하는 장입니다.

지난 편지에서 어머님에 대한 이야기가 인상적이었습니다. 어머님이 "자유인을 낳기보다는 자유인이 되기를 바랐을 것"이라 하셨는데, 아마 맞을 겁니다. 하지만 사회는 여성이 무엇이 '되기'를 기대하지 않고, 그 무엇이 될 인간을 '낳기'를 강요하죠. 태어날 때부터 어떤 역할이 정해져 있다는 것이야말로 억압이고, 여성에게 강요하는 그 역할은 인간이 다른 동물에게 요구하는 역할과 동일해요. 여성주의가 가부장제의 구조적 폭력을 드러내도록 이끌었다면, 비거니즘은 인간 중심주의에서 벗어나도록 도와줍니다. 이 사회에서 누군들 자유롭지 않지만 그래도 아주 조금이라도 꿈틀거려야 착취를 막아낼 수 있겠지요.

저도 당사자성을 존중하지만 당사자만 목소리 내야 한다고 생각하진 않아요. 만약 당사자만 목소리 낼 수 있다면, 비당사자들은 오히려 무책임한 시민이 될 수 있으니까요. 연대하되, 함부로 대표성을 점유하지 않으려는 태도. 아마도 그것이 중요하겠지요. 저도 늘 주의하는 지점이랍니다.

요즘 세상이 초록색으로 변하는 중입니다. 풀밭에 쭈그리고 앉아 쑥을 뜯는 중년 여성들을 자주 봅니다. 어릴 때 친구네 집 계단 아래 그늘에서 냉이를 뜯던 생각이 나요. 그 친구는 '양옥집'에 살았고 계단을 조금 올라가면 현관문이 있는 구조였죠. 그 계단 아래에는 포장되지 않아 흙이 드러난 땅이 있었는데 그곳에 냉이가 자랐어요. 하굣길에 종종 그 친구 집에 들러 함께 냉이를 캐곤 했답니다. 봄이면 냉이 향이 코끝에서 맴돌고 그 친구 생각이 납니다. 그리운데 제가 프랑스로 떠난 이후 연락처를 몰라 답답해요.

냉이 향이 생각나길래 어제는 냉이를 넣은 칼국수를 만들어 먹었습니다. 저에게 칼국수는 기본적으로 장이 들어간 칼국수인데, 이것도 지역 음식이란 걸 늦게 알았어요. 막국수를 '메밀막국수'라고 부르듯이 제가 생각하는 칼국수는 '장칼국수'라 불러야 정확히 전달이 되더군요. 춘천에서도 장칼국수를 먹었나요? 아니면 서울처럼 국물이 하얀 바지락 칼국수를 먹었나요? 어쩐지 바지락은 아닐 것 같고, 춘천식 칼국수가 있겠지요? 국수는 은근히 지역마다 차이가 있더라고요.

추억을 불러일으키는
냉이 장칼국수

국수 만들기

1. 우리밀 통밀가루에 물, 소금 한 꼬집, 모시잎 가루 한 큰술을 넣고 반죽합니다. 반죽을 밀폐 용기에 넣어 냉장고에 30분 정도 넣었다가 사용하면 더 좋습니다.
2. 냉장고에서 꺼낸 반죽을 들러붙지 않게 밀가루를 조금씩 뿌리면서 밀대로 얇고 넓게 폅니다.
3. 밀가루 반죽이 적당히 얇아지면 밀가루를 덧뿌리며 계란말이 하듯 접은 뒤 면을 썰어냅니다. 손칼국수는 시간이 많이 걸립니다. 반죽을 손으로 뜯어 수제비로 만들거나, 만들어진 칼국수 면을 넣으면 편해요.

냉이 장칼국수 만들기

1. 다시마와 건표고로 채수를 우려냅니다.
2. 채수가 팔팔 끓으면 감자와 양파를 넣습니다.
3. 된장과 고추장을 넣습니다. 비율은 각자 입맛에 따라. 미리 섞어두면 더 좋습니다.
4. 씻어놓은 냉이와 채 썰어둔 애호박을 넣습니다.
5. 칼국수 면을 넣고 조금 더 끓인 후, 면이 다 익으면 불을 끄고 그릇에 담습니다.
6. 들깻가루와 김을 뿌립니다. 매콤하게 먹고 싶으면 후추를 약간 뿌려도 좋아요.

우리밀 통밀가루에 모시잎 가루를 넣고 반죽을 했습니다. 국수 면을 직접 만들어 먹는 건 저도 처음입니다. 어릴 때는 엄마가 집에서 칼국수를 자주 해줬어요. 그럴 때면 옆에서 재미있게 구경하곤 했습니다. 밀가루 반죽을 만들어 넓게 펴고 칼질을 해서 면을 잘라내는 과정은 노동이면서 동시에 공예 활동 같아요. 만드는 행위에 집중하다 보면 다른 생각이 사라지고 수행처럼 느껴지기도 해요. 집고추장이 칼칼하네요. 들깻가루를 푹푹 넣어 고소하고 얼큰한 맛을 냈습니다. 냉이가 들어가면 저는 그냥 다 맛있어요. 이렇게 음식을 만들어서 사람들한테 퍼주는 걸 좋아하는데, 코로나 때문에 요즘은 기회가 없어서 아쉬워요. 음식을 마음 편히 나눠 먹을 수 있는 날이 빨리 왔으면 좋겠어요.

양반들의 싱글 앨범 발매를 축하해요. 내일부터 공연 시작이군요! 저는 5월 합정 공연을 노려보겠습니다. 댄스 가수로 거듭났다니 기대가 됩니다! 전에도 말한 것 같은데, 저는 음악을 만드는 사람들을 꽤 동경해요. 내가 못하는 일이라 그런지 더욱 갈망을 가진 영역이기도 해요. 범선님과 장르는 다르지만요. 언젠가 마음이 맞는 첼로 연주자와 바이올린 연주자를 만나 슈베르트 피아노 3중주를 연주하는 날을 꿈꾸곤 한답니다. 환갑 즈음?

산수유 꽃이 피고 있어요. 요즘 아침 산책할 때마다

이 노란 꽃이 점점 더 많이 터져 나오는 모습을 지켜보고 있답니다. 반야가 떠난 지 3년. 3월 25일이 지나자 드디어 삼년상을 치른 기분이 들었습니다. 곧 벚꽃이 피겠어요.

2022년 3월 31일
김포에서
라영 드림

만물과
하나되기

전범선

춤추는 몸으로서, 라영님께

추천사 감사해요! 안 그래도 저의 편지를 매달 읽
으셔야 하는데, 책까지 읽고 추천해달라고 부탁드리기 민망
했습니다. 저에 대한 과잉 정보를 제공하여서 송구스럽습니
다. 짝꿍이 워낙 선생님의 팬이기도 하고, 이 책의 재미와 의
미를 가장 잘 표현해주실 분이라고 확신해서 염치없이 연
락드렸습니다. 아나나 다를까, 추천사의 마지막 문장은 압
권이었죠. 솔직히 처음 읽었을 때는 기분이 이상했습니다.
"살림을 그토록 강조하지만 함께 사는 여성의 입장에서는
'다투는 원인은 십중팔구 가사노동'이라는 '진실'도 들을 수
있다". 너무나도 뼈아픈 지적! 하지만 라영님께 기대했던 관

점이 정확히 그것이었기 때문에 오히려 감사했습니다.

원래는 로컬리즘에 관해 혼자 쓰기로 했던 책이었는데, 제가 요새 '살림'에 사상적으로 천착하고 있어서 주제를 바꿨습니다. 당연히 식구인 지지와 함께 써야 했죠. 그런데 하루 종일 같이 밥 먹고 대화하다가 각자 글을 쓰는 행위는 무언가 새로웠어요. 편집자 또는 독자를 앞에 두고 연애 상담을 받는 것 같았습니다. 실제로 책을 쓰면서 테라피 같은 효과를 보았습니다. 지지는 제게 갖고 있던 불만을 글로 풀었고, 저는 그걸 읽으면서 통렬히 반성했습니다. 기획할 때부터 편집자님과 농담 반 진담 반으로 했던 이야기가, "전범선이 혼나는 책이 될 수밖에 없다"는 거였어요. 그나마 고쳐 쓸 수 있는 남자로 거듭나면 성공이었습니다.

비거니즘과 기후위기를 고민하다 보면 인간은 태어나지 않는 게 답이라는 생각에 빠집니다. 아무리 채식을 하고 전기차를 타도, 인간은 태어난 이상 막대한 파괴를 일으킵니다. 출생만큼 탄소 배출량이 큰 행위도 없지요. 마찬가지로 페미니즘을 연구하다 보면 남자는 답이 없다는 절망에 빠집니다. 세상의 나쁜 짓은 십중팔구 남자가 저지릅니다. 하지만 다 죽지 않고 살아가려면 희망이 필요합니다. 남자도 고쳐 쓸 수 있다는 낙관, 인간도 무해할 수 있다는 긍정 없이는 자조와 자멸뿐입니다. 제가 할 수 있는 건 많이 혼나고 깊이 살펴서 조금씩 바뀌는 것밖에 없어요. 살림 고수가 되리라!

라영님은 전시를 참 많이 보시는 것 같아요. 예술사회학 연구자로서 일의 연장일 수도 있지만, 요즘처럼 심란할 때는 좋은 작품 하나하나가 위안이 된다는 말씀에 크게 공감합니다. 저는 전시를 많이 보는 편은 아니에요. 짝꿍이 꼭 가자는 것만 따라갑니다. 대신 저는 사람 만나는 데서 힘을 얻습니다. 외향적인 성격이기도 하고, 대중을 상대로 공연하고 강연하는 게 직업이다 보니 사람을 많이 만납니다. 인간이라는 동물 하나하나도 엄청난 작품이에요. 우주가 138억 년 동안 공들여 만들었습니다. 하지만 인간보다는 비인간 존재를 마주할 때 더 경외감이 듭니다.

어제는 인제군 남면 신월리에 다녀왔어요. 동물해방물결의 소 보금자리가 들어설 마을입니다. 아직 계약서에 서명하지는 않았지만, 이장님과 사무장님, 군청 담당자분들과는 합의가 되었습니다. 마을 한가운데 있는 폐교된 분교에 보금자리를 만들 예정이에요. 신월리에는 1960년대까지만 해도 국민학교 학생이 200명이 넘었다고 합니다. 그런데 1972년 소양댐 공사로 마을이 수몰되었습니다. 지금의 신월리는 원래 군부대가 있던 땅에 주민들이 이주해 생겨났어요.

저는 춘천에서 나고 자라면서 소양댐 하류를 자

주 거닐었어요. 댐이 열려 물이 방류될 때는 그저 장관이라고 느꼈습니다. 그것을 위해 마을 전체가 물에 잠겨버렸다는 사실은 알지 못했죠. 개발은 언제나 옮김, 즉 소외를 낳는 것 같습니다. 신월리에서 소양호를 내려다보면서 참 오래 걸렸다고 생각했습니다. 이 물의 아래에서 위로 거슬러 오기까지 꼭 30년이 흘렀으니까요. 마을을 삼켜버린 호수가 너무나도 아름답다는 사실이 묘했습니다. 신월리 소양호는 전국 차박 성지 중 하나라고 해요. 보금자리가 완성되면 라영님도 한번 모시고 경치를 보여드리고 싶습니다.

　　　　소 보금자리가 만들어질 곳의 이름은 신월리新月里 '달뜨는마을'입니다. 신월리의 풍광은 포근해서 마치 품에 안기는 기분이에요. 그곳에 살게 될 소들은 한없이 맑습니다. 이제 여섯 명의 이름과 얼굴이 연상이 됩니다. 머위, 메밀, 미나리, 엉이, 창포, 부들. 저는 왠지 모르게 부들이한테 마음이 가요. 얘만 뿌리가 아래로 자라는 게 신기하거든요. 다들 외모와 성격이 천차만별입니다. 앞으로 소들이 30년을 평안히 살려면 마을 주민들과 저희가 잘 어울려야 합니다. 한우 농가도 여럿 있거든요. 처음에는 소를 팔지 않고 살리기 위해서 키운다는 개념을 다소 황당해하셨지만, 소가 식구였던 옛날 농촌을 상기시켜드리니 금방 이해하셨습니다. 젊은 이들이 시골에 온다는 것만으로도 일단 환영해주십니다. 지난 대선에서 3번을 뽑으셨다는 여성 사무장님이 계셔서 동해물 활동가들과도 비교적 빠르게 친밀해지고 있어요. 마을에 45가구밖에 없는데 절반 이상이 1인 가구이고, 대부분이 70~80대라고 해요. 전형적인 인구소멸 위험지역이죠. 소 살림으로 시작한 운동이 마을 살림으로 이어지고 있습니다.

　　폐교 주변에 부추가 많이 자라 있었어요. 저는 보고도 몰랐지만, 사무장님이 알려주셨죠. 어차피 아무도 안 먹고, 잘라도 세 번은 더 자란다면서 곧장 칼을 쥐어주셨습니다. 저는 맛있는 부추전을 상상하며 욕심을 부렸습니다. 꼬마 때 할머니 따라서 뒷산에서 나물 캐던 기억이 났어요. 매일같이 이렇게 텃밭에서 수확한 신선한 재료로 요리해 먹으면 얼마나 좋을까요.

　　어제는 처음으로 오방색에 따른 식재료의 효험에 대해서 배웠습니다. 서양에서는 '자연' 하면 녹색이지만 동양은 청靑, 녹綠, 황黃, 흑黑, 백白 다섯 색깔로 이해하지요. 자연이 푸르기만 한 건 아니니까요. 계절에 따라 바뀌기 마련입니다. 우리 몸의 다섯 장기, 오장에 좋은 음식도 다섯 색깔로 분류하더라구요. 배추와 무 같은 흰색은 폐에 좋고, 미나리와 시금치 같은 초록색은 간에 좋고, 토마토와 팥 같은 붉은색은 심장에 좋고, 호박과 고구마 같은 노란색은 장에 좋고, 버섯과 포도 같은 검은색은 신장에 좋다고 합니다. 정원이 다채로울수록 우리 몸도 건강해지는 거죠.

요새는 동물뿐만 아니라 식물과 균, 무기물에게도 마음이 쓰여요. 만물이 신령스럽다고 느낍니다. 엊그제 풀무질에서 홍칼리님을 모시고 비거니즘과 샤머니즘에 대해 이야기를 나눴어요. '퀴어 페미니스트 비건 지향 무당'으로 정체화하시게 된 사연을 청해 들었습니다. 칼리님은 비건과 페미니스트들이 흔히 겪는 우울과 공황을 '신병'에 비유했어요. 영혼의 눈, 영안을 뜬다는 것은 우주의 고통에 민감해지는 것이며, 한번 열린 눈은 쉽게 닫히지 않는다고 했습니다. 억누르고 살면 병이 도지기 때문에 신내림을 받아야 하죠. 번아웃, 소진되는 경험도 비슷합니다. 칼리님은 인도에서 춤을 추다가 황홀경을 체험하고 무당이 되기로 결심했다고 해요. 저는 로큰롤이 일종의 굿이라고 생각하는 입장에서 아주 흥미롭게 들었습니다. 예술가가 원래 무당 팔자라고들 하잖아요. 양반들과 연주하면서 관중을 무아지경으로 이끄는 것이 저의 사명입니다. 고통스러운 속세를 떠나 잠시나마 행복의 나라로 가길 바랍니다.

칼리님은 사람들에게 작은 나무껍질을 보여주었어요. 나무에도 신령이 깃들어 있고, 우리 모두가 신이라는 말을 덧붙였지요. 《향모를 땋으며》, 《캘리번과 마녀》를 인용하면서 샤먼이자 마녀, 무당으로서 본인이 이 땅에서 하는 역할을 담담히 설명했습니다. 타자화된 모든 존재의 고통을 공감하고 위로하는 일이었어요. 칼리님과 저는 무수한 동물의 넋을 기리기 위한 위령제, 대동제를 열어야겠다고 합심했어요. 그 자리에는 춤이 빠질 수 없습니다. "아주 조금이라도 꿈틀거려야 착취를 막아낼 수 있다"는 라영님의 말씀에 동의합니다. 저는 생각하는 손만큼 춤추는 몸도 생각해야 한다고 느낍니다. 현대 물리학의 초끈 이론에 따르면 결국 만물은 춤추는 몸입니다. 생기론적 유물론이라고 불러도 되고, 모든 것이 신령스럽다고 해도 됩니다. 스트링의 떨림으로 만들어지는 하모니 속에서 춤출 때, 저는 우주와 하나됩니다. 음악 만드는 사람을 동경한다고 하셨는데, 이게 정말 신명나는 일입니다. 합주를 하다 보면 다른 사람들에게 미안한 마음이 들 정도입니다. '야, 우리는 이렇게 재밌는데, 다른 사람들은 음악 안 하고 어떻게 살지?' 하는 생각이 들 때도 있습니다. 양반들이 만들어내는 행복의 에너지를 음반에 잘 담고, 공연으로 전달하는 것밖에는 도리가 없습니다.

오늘 밤 10시 반에도 해방촌에서 공연이 있습니다. 이 편지를 보내고 바로 양반들을 만나러 갑니다. 그리고 더 신나는 일은! 내일 저희가 해남으로 떠납니다. '에루화헌'이라는 아슈람[*]에

---

[*] 힌두교에서 종교적 수행을 위한 암자를 일컫는 말.

서 일주일간 머물면서 풍류를 즐기려고 합니다. 저도 처음 가보는 곳이라 설렙니다. 지리산과는 다른 남도의 기운을 받으면 어떤 음악이 나올지 궁금합니다. 사실 저희가 남쪽으로 향하는 이유는 바로 라영님 덕분입니다. 예전 편지에서 보길도 이야기를 하셨던 것이 뇌리에서 지워지지 않았어요. 반도 땅에서 가장 멀리 갈 수 있는 곳이 어딜까 고민하다가, 보길도가 떠올랐습니다. 그래서 양반들을 설득했습니다. 보길도에서는 숙식하면서 합주할 수 있는 곳을 찾지 못했는데, 다행히 해남에 계신 지인분을 통해 에루화헌을 알게 되었어요. 윤선도와 라영님의 자취를 찾아서 다녀오겠습니다.

　　새 노래 〈두무개다리〉 뮤직비디오가 나왔어요. 드디어 코로나라는 긴 터널의 끝이 보입니다. 꺼지지 않는 빛을 향해! 어린이날 공연에는 정말 오랜만에 관객들도 일어나서 춤추고 노래할 수 있다고 합니다. 봄이 오니 만물이 생동하네요. 땅끝에 다녀와서 뵙겠습니다.

4월 16일
해방촌에서
전범선 모심

터전을 빼앗긴
사람들

이라영

신명나길 바라며, 범선님께

제가 내향적인지 외향적인지 살면서 점점 헷갈리지만, 혼자 잘 노는 저는 아무래도 내향적인 인간에 가까울 겁니다. 혼자 말없이 돌아다니는 걸 좋아하는 제게 전시를 보러 다니는 일은 말 그대로 일이고 공부며 취미인 동시에 명상의 시간입니다. 음악을 하는 범선님 덕분에 이렇게 신곡 뮤직비디오를 챙겨 보고 있자니 제가 약간 신선(?)해지는 기분이 듭니다. 멋진 뮤직비디오 잘 봤습니다. 두무개다리가 어디에 있는지도 알게 되었고요.

해남에는 잘 다녀왔나요? 보길도는 어땠는지요? 송시열 글썬바위는 보셨나요? 송시열이 제주도로 유배를 가던 중 보길도에 들렀다 하지요. 예로부터 지역이란 형벌을 위해 사람을 보내는 장소이면서 동시에 온갖 생산물을 빼앗는 곳이었죠. 범선님이 '땅끝'이라 불리는 해남에 갈 때 저는 또 다른 땅끝을 헤매고 다녔습니다.

제가 김포에 살게 된 지도 어느덧 4년을 채워갑니다. 이곳에 살기 전에는 김포에 대해 아는 바가 거의 없었지요. 김포 쌀이 생각나는 정도였답니다. 십수 년간 한국을 떠나 살다가 귀국해서 우연히 김포에 살게 되었습니다. '한강신도시'라는 이름으로 아파트가 많이 들어섰더군요. 서울만큼 비싸지 않으면서 주변 환경도 좋아 보였어요. 김포공항은 김포에 있지 않다는 사실도 새삼스레 알게 되었어요.

이곳에 살면서 그제야 김포의 모양새를 지도에서 제대로 보았답니다. 한강 하구에 인접한 김포의 강 건너편에 있는 도시는 북한 개성이더군요. 물론 개성에는 가지 못하고 강 건너에 있는 다른 도시인 파주와 고양에만 갈 수 있지만요. 예전에는 김포가 북한과 접경 지역인 줄도 몰랐어요. 사람이 이토록 보지 못하는 것이 많습니다. 판문점이나 제2땅굴도 가보며 나름 접경 지역을 다녀봤다고 생각했는데 전체적인 지형이 제 머릿속에 없었다는 사실을 알게 되었죠. 작년 11월 20일부터 김포를 비롯해 강화, 고양, 파주, 화천, 양구, 고성 등 접경 지역에 DMZ 평화의 길이 개방되었습니다. 지역신문을 보다가 알았어요. 조만간 김포의 평화누리길 한 코스를 걸어보려 합니다. 낯선 사람들과 함께 걸을 낯선 길이 기대가 됩니다.

지난주에 또 다른 접경 지역에 다녀왔어요. 날씨가 좋고 꽃이 울긋불긋한 4월 강원도 철원에는 나들이객이 많았습니다. 제주도에 가지 않아도 현무암 지대를 볼 수 있는 이곳의 자연과 지질학적 특징만 보아도 정말 많은 이야기가 있겠지만, 제가 철원을 찾은 이유는 울진마을에 가기 위해서였죠. 혹시 들어보셨나요? 철원에 있는 '울진마을'이라니.

1959년에 그 유명한 태풍 '사라' 때문에 경상도 지역이 많은 피해를 입었습니다. 40만 명 가까운 이재민이 발생했고 사망자와 실종자만 850명 정도 됩니다. 그때 울진에서는 정말 많은 사람들이 생활 터전을 잃었지요. 당시 울진은 강원도였습니다. 강원도에서는 울진의 이재민들을 희망자에 한해 철원으로 이주시켰습니다. 그곳이 오늘날 민통선 안에 있는 철원군 근남면 마현1리입니다. 364명의 울진 주민들이 군 트럭을 타고 나흘 만에 철원에 도착했다고 합니다. 전쟁이 끝난 지 몇 년 되지 않은 그 시기에 강원도 땅의 도로 사정은 오늘날과는 전혀 달랐겠지요. 당시 마현리는 전쟁으로 인해 황무지나 다름없는 곳이었다고 합니다. 울진 주민들은 군 막사에서 생활을 시작하며 생계를 위해 땅을 일궈야 했습니다. 그러나 철원이 어떤 곳입니까. 백마고지 전투가 벌어진 곳이잖아요. 주민들이 살아야 하는 땅에는 지뢰와 탄피의 흔적이 가득했습니다. 지뢰에 몸을 잃는 사람도 있었습니다. 군인들의 통제 속에서 주민들은 몰래 탄피를 팔아 겨우 쌀을 마련했다고 합니다. 태풍에 삶의 터전이 휩쓸려 간 지역의 사람들이, 전쟁으로 초토화된 지역으로 이주해서 삶을 살아내야 했다는 사실이 참 마음 아프지요.

이번에 울진 산불로 많은 이재민이 발생했을 때 저는 과거의 수재민들이 생각났습니다. 물난리와 불난리를 겪는 사람들. 철원의 울진마을 주민들은 이번 산불 이재민들에게 위문품을 전달하기도 했습니다. 철원에 살지만 여전히 울진에 마음이 쓰이기 때문이지요. 남한 안에 있는 또 다른 이주민과 이산가족의 역사를 담고 있는 장소가 이 울진마을입니다. 한때 중요한 거점 도시였던 철원은 전쟁과 분단으로 마을이 통째로 사라지기도 했고, 이주를 통해 새롭게 생겨나기도 했지요. 게다가 접경 지역이라 군부대의 통제에서 자유롭지 않습니다. 이번에 울진마을에 들어갈 때 저도 꽤 까다로운 절차를 거쳐야 했습니다. 통제가 심했어요. 신분증을 맡기고, 서약서를 쓰고, 방문 목적을 정확히 밝히고, 군인들이 정해준 시간 안에 다시 나와야 합니다. 방문객들을 이렇게 통제하고 주민들도 초소를 거칠 때마다 확인을 받으니 생활에 불편이 많을 겁니다. 주민들은 현재 마을 입구의 초소를 없애달라고 부대를 상대로 투쟁 중입니다. 휴전선 근처 마을들이 가지는 이야기를 따라가다 보면, 전쟁은 일단 시작하면 결코 끝나지 않는다는 사실을 알 수 있습니다. 어떤 이유로도 전쟁은 절대로 일어나지 말아야 합니다.

울진마을에 이주민들 1세대는 이제 거의 남아 있지 않고 2세대, 3세대가 살고 있어요. 인구는 반으로 줄었습니다. 초등학교도 2016년 폐교했습니다. 65세 이상이 많으니 그곳에도 외국인 노동자들이 일합니다. 지뢰가 묻혀 있고 탄피가 굴러다니던 그 땅은 현재 파프리카와 토마토, 오이를 생산하는 땅이 되었습니다. 국내 파프리카의 3분의 1이 철원에서 생산되고, 그중에서 3분의 1은 바로 마현리에서 재배된다고 합니다. 수많은 사람이 죽어나가던 척박한 땅은 알록달록한 파프리카를 만들어내는 땅이 되었지요.

범선님이 다녀온 인제군 남면 신월리를 지도에서 찾아보았습니다. 양구와 인제 사이에 있군요. 새로 만들어질 보금자리가 진심으로 궁금합니다. 꼭 초대해주세요. 신월리도 원래 군부대가 있던 땅에 주민들이 이주했다고 하니 더욱 마음이 동합니다.

요즘 아이슬란드의 환경운동가인 안드리 스나이르 마그나손Andri Snaer Magnason이 쓴 《시간과 물에 대하여》를 읽고 있습니다. 한 나라에서 댐을 건설하면 하류의 다른 나라에서는 물 공급이 끊긴다고 합니다. 양쯔강이 티베트에서 발원해서 광활한 중국을 거쳐 태평양으로 향하듯이, 강은 국경이 없고 계속 이어져 있습니다. 댐을 만들면 어디 한군데에는 이로운 작용을 할지 몰라도 다른 곳에서는 부작용이 일어나지요. 춘천에 살았던 범선님에게 소양댐으로 수몰된 마을의 존재는 그다지 유쾌하지 않은 정보일지도 모르겠어요. 그래서 안다는 것은 때로 불편하고 마음을 혼란스럽게 합니다. 한편으로는 바로 그렇기 때문에 저는 '모르고 살까봐' 두렵기도 합니다. 모르면 많은 것이 편해질 때가 있지만 순진무구한 파괴자로 살게 될 테니까요.

　　인간이 타인을 비롯한 다른 생명에게 저지르는 폭력은, 많은 경우 의도적 악행이라기보다는 무지로 인해 발생합니다. 범선님이 스스로를 '혼나는 위치'에 두려는 것에 대해 저는 양가적 감정이 있는데요. 아직은 그리 비판적이지 않습니다. 남성이 '반성'을 보여주는 글이 필요하다고는 생각하지만, 한계를 생각하지 않을 수 없습니다. 반성하는 자의식의 과시로 이어지기도 하니까요. 게다가 반성하는 모습을 아주 조금만 보여줘도 꽤 정의로운 '남성 페미니스트'의 이미지를 얻기 때문에, 남성이 가진 특권 과시가 되지요. 그래서 양가적 감정이 든다는 것입니다. 그러나 반성은커녕 남성이 과하게 해석하고 판단하는 위치를 점하는 이 사회에서는 일종의 과도기적 차원에서 반성하는 태도를 보여줄 필요도 있겠지요.

그러니 "남자는 답이 없다는 절망"에 빠질 필요는 없어요. 반성만 해도 할 일이 얼마나 많은데! 남성성의 정치를 분석하고 비판하는 베티 리어든Betty A. Reardon의 《성차별주의는 전쟁을 불러온다》에는 '반남성적 태도' 역시 경계해야 한다는 지적이 있습니다. 저는 이 생각에 동의하는데요. 복합적인 맥락을 이해하지 못하면 자칫 단순하게 전달될 수 있어서 사람들에게 매우 조심스럽게 말하는 이야기입니다. 단순히 "남자를 미워하지 말아요"가 아닙니다. 차별에 분노하되 증오의 감정으로 향하는 것은 경계할 필요가 있지요. 냉소와 증오로 할 수 있는 건 없으니까요. 그렇게 하다 보면 파괴와 공멸뿐입니다. 바로 전쟁처럼요.

풀무질에서 홍칼리님을 모시고 비거니즘과 샤머니즘을 다뤘다고 해서 약간 놀랐습니다. 비거니즘과 샤머니즘이라니, 생각지도 못한 조합입니다. 저는 샤머니즘에 그다지 관심이 없는 편이었고 사실 지금도 잘 모릅니다. 그런데 제 눈으로 직접 경이로운 광경을 본 적 있습니다. 2006년 서울 봉은사에서 열린 백남준 49재 행사 때였습니다. 말로만 듣던 작두타기를 바로 코앞에서 봤습니다. 무속인 이비나 씨가 맨발로 작두 위에서 껑충껑충 뛰는 모습을 보니 입이 떡 벌어지더군요. 말하기 힘든 어떤 전율이 흘렀지요. 굿을 본 적도 없었기 때문에 저는 그때 무속인의 몸짓을 사실상 처음 봤습니다. 영매에 대한 다큐멘터리를 많이 봤지만 실제로 보니까 확 다르더군요. 굿에 대한 예술적 경험을 안겨준 사건이었습니다.

무속인이 말하는 위령제나 대동제라는 것이, 아마도 제가 늘 생각하는 애도의 개념일 거라고 이해합니다. 서로 사용하는 언어의 차이가 있을 뿐, 살아 있는 사람들은 늘 죽은 생명에 대한 애도의 마음이 있어야 한다는 점에서 마음이 통하리라 생각합니다. 위로하고 살리려는 마음, 그 마음이 만들어내는 힘이 중요하지요.

요즘은 봄나물이 지천이라 부지런히 손을 놀려야 하는 시기입니다. 개두릅과 쑥, 돌나물, 미나리, 부추, 참나물을 다듬어 요리해 먹었습니다. 제때 손질하지 않으면 다 못 쓰게 되지요. 특히 금방 풀이 죽고 시간이 지나면 쓴맛이 강해지는 쑥은 빨리 손질해서 먹어야 합니다. 쑥전, 쑥국, 쑥떡, 쑥밥……. 쑥을 열심히 먹었더니 거의 웅녀가 되는 기분이었답니다. 미처 먹지 못해서 살짝 데친 쑥을 냉동실에 넣어두었죠. 오늘 저녁에도 콩가루 묻힌 쑥국을 먹을 겁니다.

강릉에서 온 개두릅도 열심히 먹었는데, 개두릅에

단백질이 많다고 해요. 색깔별로 챙겨 먹는 것을 저도 중요시해서 평소에 신경을 쓰는데, 이게 은근히 어려워요. 파프리카도 알록달록한 색깔 때문에 좋아하지요. 파프리카 생산지인 철원에는 정작 철원에서 생산한 파프리카가 없었습니다. 파프리카는 5월에서 7월이 제철이라며 6월에 오면 좋다고 하더군요. 실은 그동안 파프리카의 '제철'에 대해 아무 생각이 없었습니다. 왜냐면 마트에는 언제나 파프리카가 있으니까요! 저 파프리카는 그럼 모두 어디에서 왔을까요?

　너무 많은 희생이 떠오르는 4월이죠. 한편으로는 너무도 생동하는 4월입니다. 영화 〈1917〉에서 4월의 어느 날 두 병사가 시체들을 지나 자신이 죽을지도 모르는 사지를 향해 가다 마주치는 아름다운 체리꽃처럼, 이 세상에는 죽음과 삶이 뒤섞여 있어요. 애도가 없는 사회에서는 4월을 좋아한다고 말하기가 어려워 슬픕니다.

2022년 4월 30일
김포에서
라영 드림

봄 향기가 나는
쑥국

1. 다시마와 건표고로 채수를 우려냅니다.

2. 그사이 생쑥을 헹구고, 물기가 있을 때 콩가루를 묻힙니다.

3. 채수가 우러나오면 된장을 풀고 조금 더 끓입니다.

4. 콩가루 묻힌 쑥을 넣습니다. 두부를 약간 넣어도 좋습니다. 다만 쑥 향
   을 살리기 위해, 다른 재료를 많이 안 넣는 게 좋아요.

5. 1분간 더 끓여 완성합니다.

풍류가 있는
땅끝에서

전범선

땅끝 사람, 라영님께

〈두무개다리〉 뮤직비디오를 보고 "신선해진" 느낌이 드셨다니 기쁩니다. 어린이날에 열린 양반들의 〈흐름〉 봄 공연에 모실 수 있었으면 좋았을 텐데, 아쉽습니다.

2년 만에 처음으로 사람들과 방방 뛰어 놀았어요. 신명을 잊고 살았구나! 묵은 체증이 내려가는 것처럼 개운한 한바탕이었습니다. 지난 가을부터 계절마다 합정 프리즘홀에서 〈흐름〉 공연을 이어오고 있어요. 겨울만 해도 다들 의자에 앉아 함성도 지르지 못했거든요. 그런데 봄이 오니 새싹이 나듯이 관객들이 생동하더라구요. 춤추고 소리치고 난리가 났습니다. 이제 마지막 여름 공연만 남았어요.

7월 9일! 라영님도 근질근질하시다면!

부끄러운 이야기지만, 보길도에는 가지 못했어요. 그렇게 라영님께 여쭤봐놓고, 윤선도와 송시열의 자취를 찾아가보겠다고 다짐해놓고, 결국 보길도 가는 배에 오르지 않았습니다. 해남이 너무나도 좋았기 때문이에요. 저희가 머무른 '에루화헌'은 풀무질에서 만난 지인분 소개로 찾아간 곳인데요. 사실 어떤 곳인지 전혀 모르고 갔습니다. 전남 지역 노래패 출신인 박양희 선생님(저희는 '나무님'이라고 불러요)이 인도에 다녀오셔서 만든 예술촌이라고만 들었어요. 마당이 넓으니 밖에서 마음껏 합주해도 된다고 하셔서 악기와 장비를 전부 챙겨갔죠. 갔더니 정말 두륜산 장군봉이 보이는 잔디밭에 돌로 된 무대가 있었고, 거기서 하루 종일 연주할 수 있었어요. 나무님은 따뜻한 미소와 맛있는 사투리로 저희를 환대해주셨어요. 기분이 좋을 때마다 "자이 구루 Jai guru, 자이 구루" 하시면서요. 인도의 떠돌이 예술가인 '바울'들의 인사말로, 당신을 성숙하게 만들어준 스승에게 감사한다는 뜻입니다. 나무님은 저희에게 남도와 인도의 기운을 나눠주셨어요.

저는 오랫동안 '풍류'가 무엇인지 궁금했어요. 책으로는 알 수 없었습니다. 강원도나 서울에서는 느끼기 힘들었어요. 그런데 해남에서 저는 몸으로 알았어요. 남쪽으로 가는 길부터 마음가짐이 달라졌습니다. 저희가 일요일에 출발이 늦었거든요. 동행하기로 한 친구가 늦잠을 자는 바람에 오후에야 서울을 떠났어요. 제게 에루화헌을 소개해준 분은 프랑스에서 건축을 연구하고 돌아와 작년에 해남으로 이주하신 영순님이에요. 땅끝에서 지역 재생을 도모하는 분이죠. 영순님이 저희를 기다리고 계신데, 밤늦게야 도착하게 된 거예요. 너무 죄송해서 가는 길에 연락을 드렸는데 이렇게 답하셨어요. "오케이! 여긴 시간이 인간의 속도로 가는 곳이에요." 이 한마디에 저의 호흡이 달라지더라구요. 바로 전전날, 양반들 합주 때 멤버 한 명이 약속 시간에 한 시간 늦어서 싸움이 났거든요. 싸움을 말리면서 저는 참 속상했어요. '재밌게 연주하자고 모인 건데 왜 시간에 쫓겨야 할까?' 도시에서는 시간이 돈이잖아요. 그런데 자본의 속도가 아닌 사람의 속도로 가는 곳이라니! 해남에 가기도 전에 저는 해방감을 맛보았습니다.

월요일 아침까지만 해도, 화요일이나 수요일에 보길도에 가보려 했어요. 그런데 막상 해남에서 나무님을 만나 '차이chai'를 마시고, 명상을 하고, 산책을 하니 왜 굳이 해남을 두고 보길도까지 가는가, 의문이 들더군요. 일주일 동안 한곳을 오롯이 느끼기도 힘든데, 보길도에서 하루 만에 무엇을 느낄까? 섬을 한 바퀴 휙 둘러보고 나올 수 있겠지만, 그건 사람의 속도가 아닌 자동차의 속도겠죠. 그래서 보길도는 다음으로 미루고 해남을 만끽하기로 했습니다. 그랬더니 재미난 일이 마구 일어났어요.

마침 24절기 중 곡우였습니다. 봄비가 내리고 곡식이 풍성해지는 때죠. 에루화헌에서 마주 보이는 장군봉 너머에 '설아다원'이라는 차밭이 있어요. 그곳에서 곡우제를 한다고 해서 다 같이 갔죠. 한 해의 첫 차를 수확해서 덖기 전에 일종의 예를 치르더라구요. 차밭을 향해서 상을 차려놓고 차의 신령님께 감사 인사를 올렸죠. 말이 신이지 저는 그냥 '차'라는 식물에게 기도했어요. "고마워요. 잘 마실게."

설아다원에서 저희에게 점심도 대접해주셨어요. 손님들이 다 함께 차밭에 앉아서 식사를 하고 담소를 나눴습니다. 그런데 갑자기 소리가 들렸어요. 차를 마시다가 흥에 겨운 분이 "아리아리랑~" 선창을 한 거죠. 아니, 이 동네는 다 소리꾼인가? 옆에 앉은 아주머니도 받아서 부릅니다. "건넛집 서방님은 에쿠스를 타는데, 우리 집 서방놈은 솥뚜껑만 탄다네~" 저는 감탄하며 장단만 맞추었습니다. 이게 바로 조선의 프리스타일이구나. 즉흥적으로 노랫말을 지어가며 한참을 주거니 받거니 했어요. 대낮에 녹차 마시고 이런 흥이 가당키나 한가? 확실히 해남에는 춘천과 다른 분위기가 있어요. 미국 남부에는 '쏘울'이 살아 있다면 한국 남도에는 풍류가 살아 있더라구요.

　　설아다원에서 만난 분들을 에루화헌으로 초대했어요. 양반들이 로큰롤 한바탕 하겠다고 했죠. 그래서 목요일 낮에 30명 가까이 모였어요. 마침 '노마드 빌리지'라는 대안학교 친구들도 해남에 머물고 있었어요. 1년 동안 국내외를 여행하면서 주체적으로 공부하는 공동체예요. 의식주를 직접 해결하고, 배움을 찾아다니는 학교죠. 그날은 저희랑 노는 게 수업이었어요. 노란 버스를 타고 교사와 학생 열댓 명이 와서 먼저 준비한 공연을 선보였어요. '바디 드러밍'이라고, 몸을 북처럼 두드리는 연주였습니다. 처음 보는 장르인데 아주 신선했어요. 학생들이 진심으로 즐기고 있다는 것을 단번에 알 수 있었습니다. 양반들도 화답해 연주를 이어 갔어요. 정말 오랜만에 야외에서 노래했습니다. 우리끼리 해남 락 페스티벌을 열었어요. 노마드 빌리지 학생들이 앞에서 신나게 뛰놀고, 그 뒤에서 설아다원 주인장분이 학처럼 어깨를 들썩였습니다.

　　풍류는 말 그대로 바람처럼 흘러갈 때 나오는 신명인 것 같아요. 해남에서는 해 뜨면 일어나고 해 지면 잤어요. 사람을 만나면 반갑게 어울렸어요. 가장 기억에 남는 분은 이름도 모르는 아저씨예요. 제 전기차를 면사무소에서 충전했는데, 보조 배터리가 방전이 되어서 시동이 안 걸렸어요. 자정이 넘은 시간이라 긴급 출동을 요청하기가 죄송스럽더라구요. 서울이면 불렀을 텐데, 여긴 주변에 24시간 카센터가 없으니까요. 아침 일찍 보험 불러야지, 설마 밤중에 누가 충전하겠어, 하고 숙소에 돌아와 잠들었어요. 그런데 새벽 여섯 시에 전화기가 울리더니, "차를 이렇게 세워두면 어떡합니까!" 호통을 칩니다. 저는 곧장 사과드리고 얼른 달려갔지요. 그분이 저 때문에 거의 한 시간을 기다리신 거예요. 그런데 막상 자초지종을 설명하니, 아저씨는 오히려 저를 걱정해주셨어요. 제가 "바쁘실 텐데……" 해도 전혀 바쁜 일 없다고, 지금 배터리가 이게 문제니 여기 카센터에 가서 이렇게 수리하라고 설명해주셨습니다. 서울에서는 비슷한 시비가 벌어지면 십중팔구 안 좋게 끝나거든요. 안 그래도 충전이 오래 걸리는데, 다른 사람 때문에 기다리게 되면 경찰에 신고하기도 합니다. 하지만 이 해남 아저씨는 주변을 산책하면서 기다려주셨어요. 춤추고 노래하는 것만 풍류가 아니라 이것도 풍류가 아닌가 싶어요.

  저는 서울에 돌아와서 다시 바쁜 나날을 보냈어요. 심지어 어제 오늘은 인제에 다녀왔죠. 소 보금자리가 거의 확정된 것 같아요. 이제 주민들의 최종 동의만 구하면 됩니다. 다음 주에 마을 회의를 소집할 예정이에요. 오늘은 이장님과 같이 소들의 집을 어떻게 지을지 고민했습니다. 이장님은 예전에 소도 길러보셨고, 축사도 지어보셨대요. 저는 신월리에 가면 아무것도 모르는 사람이 됩니다. '며느리밥풀꽃'이 뭔지, '로타리' 돌리는 게 뭔지, '전지 작업'이 뭔지, '아시바 파이프'가 뭔지 알 턱이 있나요. 그래서 이장님은 제가 쓸모없다고 혼을 냅니다. 그러면 저는 히죽거리면서 가르쳐달라고 합니다. 집에서도 비슷해요. 아직까지는 제가 짝꿍한테 요리를 배우는 입장인데요. 기본적인 것, 예를 들어 마늘기름 내기나 감자 채썰기를 잘 못하면 민망합니다. 그럴 때 반성하는 것은 그다지 소용이 없겠지요. 제가 농사와 살림도 안 해보고 남이 해주는 밥 먹으면서 책만 읽었던 것이 얼마나 큰 특권인지 백날 성찰해봤자 뭐가 바뀌겠어요. 반성보다는 행동이 중요하겠죠. 하지만 이것조차 말이 더 쉽네요.

울진마을 이야기는 충격입니다. 울진이 강원도였다는 것도, 울진 사람들이 철원으로 옮겨졌다는 것도 몰랐습니다. 사람의 통행은 까다롭지만 파프리카는 다 빠져나간다는 사실이 아이러니네요. 신월리에서도 농촌 체험 프로그램을 운영하는데, 다음 달에 용인에서 방문하는 고등학생들이 감자전 만들기 체험을 원합니다. 그런데 그때는 신월리 감자가 아직 안 나오는 터라 인터넷으로 감자를 주문해야 해요. 도시의 속도에 맞추다 보니 철원에는 철원 파프리카가 없고, 신월리 감자전에는 신월리 감자가 없습니다.

생명을 옮기는 행위야말로 소외의 본질입니다. 전쟁이나 댐 건설 때문에 마을을 옮기는 것과 자본의 논리 때문에 파프리카와 감자를 옮기는 것은 다를 바 없습니다. 사람과 환경, 생산자와 생산물, 창조자와 피조물의 연결을 끊는 거니까요. 옮김은 죽임의 시작입니다. 멀리 옮겨진 음식을 먹을수록 우리는 죽음에 둔감해집니다. 아마존 원주민이 자명하게 겪고 있는 생태의 파괴가 지구 반대편 소비자에게는 보이지 않습니다. 도시에 사는 우리는 엄청난 속도로 여기저기 옮겨집니다. 바람의 흐름보다 빠르게 움직이는 사람은 풍류를 즐길 수가 없습니다.

김포의 속도는 어떤가 모르겠습니다. 철원도, 인제도, 김포도 모두 접경 지역이니 땅끝이 맞네요. 저는 인제에서도 해남과 비슷한 여유를 느낍니다. 신월리 달뜨는마을에도 에루화헌과는 다르지만 넉넉한 템포가 있습니다. 아무래도 서울보다는 땅끝이, 중심보다는 변방이 덜 바쁘겠지요. 내일은 월요일이라 또 하루 종일 움직여야 합니다. 대통령께서 용산으로 집무실을 옮기시는 바람에 저희 동네가 진정한 중심으로 거듭났습니다. 출근길에 차가 안 막히면 좋겠네요. 확실히 서울은 풍류보다는 물류를 위한 곳입니다.

보름달이 참 예쁩니다. 보름마다 편지를 주고받는

일이 얼마나 낭만적인지, 여덟 번째 편지에 이르러서야 깨닫습니다. 다음 보름달이 차오를 때 또 글월을 띄우겠습니다.

2022년 5월 15일
해방촌에서
전범선 모심

화를 내기보다는
화음을 쌓으려고 해요

이라영

우리의 조화로움을 생각하며, 범선님께

이팝나무가 한창인 5월이 지나갑니다. 파주와 김포를 잇는 일산대교를 넘어오며 커다란 보름달을 봤는데, 그 다음 날 범선님의 편지가 도착해 있더군요. 저도 그제야 알았습니다. 달이 차오르는 시기에 우리가 편지를 보냈다는 사실을요.

저는 최근 안질환으로 열흘 정도 제대로 생활을 못 했습니다. 10년 넘게 가지고 있는 병이죠. 제 각막이 약하다고 합니다. 최근에는 망막까지 관리하는 상황에 처하긴 했지만 각막이 가장 문제예요. 가끔 제가 쓰는 안경은 도수가 없는 보호안경입니다. 눈이 너무 취약해서 바람에도 안전하지 않기 때문에 보호안경이 필요합니다. 평소 눈에 신경을 쓰며 관리하지만, 관리라는 게 한계가 있어요. 이번에 상태가 너무 안 좋아지니까 다니던 병원에서 큰 병원에 가보라고 하더군요. 처음에는 덜덜 떨었습니다. 지난주부터 대학병원으로 옮겨서 치료를 받는 중인데 차차 마음이 진정되었습니다.

어릴 때는 제가 강한 사람인 줄 알았는데, 살다 보니 '강한 사람'이라는 개념 자체가 허상이라고 생각하게 되었습니다. 사람은 누구나 생각보다 강하고 동시에 하염없이 약해질 수 있다는 걸 알았거든요. 저는 질병 앞에서 순식간에 약해지는 사람이에요. 몸의 통증이란 전혀 가볍게 볼 게 아니니까요. 게다가 제가 유난히 안질환 앞에서 두려움에 휩싸이는 이유는 '보는 것'이 어려워질지도 모른다는 공포 때문입니다. 이 공포 앞에서 얼마나 나약해지는지 모릅니다. 미술을 통해 나의 세계와 생각을 쌓았고 또 스스로를 위로하고 치유받으며 살아온 저에게, '볼 수 없을지도 모른다'는 공포는 너무나도 크게 다가왔습니다. 4년 전 미국에서, 그리고 한국에서 의사들이 제게 경고했거든요. 한없이 우울해지고 한편으로는 화도 났습니다. 왜 하필 눈인가.

보는 게 힘들어서 한동안 읽고 쓰는 작업을 제대로 하지 못했습니다. 눈이 아픈 상태로 얼마 전 예약해둔 서혜경 피아니스트의 리사이틀에 가면서, 내가 전시회가 아니라 음악회를 예약해서 다행이라는 생각만 했습니다. 그날의 프로그램은 베토벤이었어요. 본 공연을 마치고 앙코르 연주를 하기 전에 서혜경 피아니스트가 왜 올해 프로그램을 베토벤으로 정했는지 이야기하더군요. 생각지도 못한 코로나19의 장기화 속에서 화가 났던 감정에 대해, 그리고 15년 전 암 진단을 받았을 때의 이야기를 했습니다. 그러면서 베토벤이 스물일곱 살에 귀가 들리지 않았을 때 느꼈던 절망감에 대해서도 전했습니다. "하지만 베토벤은 화를 내는 대신 화음을 쌓았습니다"라는 말이 귀에 쏙 들어오더군요. 그렇지, 나도 화를 내지 말고 화음을 쌓아야지. 화음이란 조화, 곧 어울림이잖아요. 하나의 음으로는 존재할 수 없는 개념이죠. 다른 음이 있어야 화음이 가능합니다.

　　　지난 편지에서 범선님이 풍류에 대해 이야기했지요. 저는 풍류가 무엇인지 잘 모릅니다. 냉정히 따지면 "풍류라니, 그렇게 한가하지 않다"는 생각이 들기도 합니다. 유한계급의 한가로움을 내포한 말처럼 들려 그다지 입에 붙지 않는 말입니다. 얼마 전 간송미술관에서 조영석의 〈현이도〉를 보면서도 그런 생각을 했습니다. 장기를 두는 남성 사대부들의 모습을 보며 18세기 조선 농민들은 어땠을까 궁금했습니다. 식량을 생산하는 농민과 부엌에서 직접 밥을 짓는 여성들 없이 저들의 한가로움은 가능하지 않으니까요.

그러나 조금 더 생각해보면 풍류는 곳곳에 있다는 생각이 듭니다. 모든 다름의 조화로운 뒤섞임 속에 바로 풍류가 있지요. 대통령 취임 전날, 국회의사당 앞의 평등텐트촌에 갔습니다. 지금은 46일만에 단식을 종료했지만 그때는 미류와 종걸, 두 활동가가 단식 중이었습니다. 차별금지법은 지난 정부에서도 끝내 만들어지지 않았고, 새 정부 취임을 앞두고 들린 것은 국회의사당 앞의 단식농성장인 평등텐트촌을 철거해달라는 괘씸한 소식이었죠. 혹시 있을지 모를 위험한 상황에 대비해 그날 많은 사람들이 모였고, 저도 담요를 싸들고 국회 앞으로 갔습니다. 결과적으로는 철거하지 않기로 극적으로 협의가 되긴 했습니다. 그날 밤늦게까지 열린 문화제에서도 음악은 빠질 수 없었습니다. 평등텐트촌에서 바이올린 연주로 듣는 〈상록수〉는 참으로 뭉클하면서 아름다웠습니다. "화를 내기보다는 화음을 쌓았다"는 말이 어울리는 순간이었죠.

제게 '서혜경'이라는 이름은 개인적으로 조금 특별한 의미가 있습니다. 서혜경은 제가 최초로 이름을 안 피아니스트입니다. 유치원도 다니기 전이니 대여섯 살 즈음입니다. 엄마가 어린 저를 붙들고 수시로 "서혜경은 이랬대, 저랬대"라는 말을 했답니다. 아마 그때가 서혜경이 부조니 콩쿠

르에서 한국인 최초로 수상을 하고 문화훈장도 받으며 유명해지던 시기였을 겁니다. 엄마는 피아노를 칠 줄 모르고 클래식 음악을 잘 모릅니다. 그런데 왜 그토록 서혜경에 대해 내게 말했을까. 나이가 들면서 차차 알아갔습니다. 당시 20대 후반이었던 엄마는 살림과 육아에 짓눌려 있었지만 얼마나 하고 싶은 게 많았을까요.

엄마는 쉰이 넘어서 국악과 한국무용을 배웠어요. 취미로 시작해서 쉰여덟 살에 국악지도사 자격증을 땄습니다. 경기민요를 배우고 시조와 중고제를 배워 몇 번 공연을 하기도 했어요. 한복을 입고 춤을 추거나 장구를 치며 민요를 부르는 엄마의 모습을 처음 봤을 때, 무척 낯설었습니다. 아빠는 바로 앞의 엄마를 보면서도 "너희 엄마 어딨냐?" 하고 물었죠. 엄마에게 저런 모습이 있었구나. 어리둥절했어요. 그때 아빠는 약간 충격을 받았다고 해요. 저는 어릴 때 엄마가 열심히 말했던 '서혜경'의 의미를 나이가 들수록 다시 생각하게 되었답니다. 피아노를 배운 적 없는 엄마에게, '서혜경'이란 이름은 포기하고 싶지 않은 자신의 욕망을 상징하는 이름이었을 겁니다.

모든 존재에게는 그 자체의 욕망과 아름다움이 있습니다. 차별은 그 고유한 아름다움을 억압하는 행위입니다. 고유성과 개별성을 억압하고 집단으로 묶어 역할을 부여합니다. 특히 인간은 성역할에 따라 살기를 강요받습니다. 이분법적 성역할에 맞지 않는 존재는 잘못된 존재가 되어버리죠. 가끔 인간이 '잡초'라 부르는 풀을 보면서도 저는 같은 생각을 합니다. 인간이 정해둔 목적에 맞지 않아 잡초라 불릴 뿐, 그 풀의 존재 자체가 잡초일 수는 없는 거죠. 어떤 생명이, 어떤 존재가 더 힘 있는 존재의 목적에 맞춰 길들여진다는 것이 바로 억압이고 폭력이겠지요.

지난주에 눈이 아파 제대로 일할 수 없었는데 마침 지인의 밭에 초대받았습니다. 지인이 가꾸기 시작한 작은 텃밭을 구경하고, 그가 열심히 추진 중인 '분해정원'을 봤습니다. 인천 계양구 귤현동의 분해정원입니다. 분해정원이란, 음식물 쓰레기를 '쓰레기'로 만들어 버리지 않고 자연 분해를 통해 퇴비로 전환하는 장소를 말합니다. 분해정원 운영자인 이아롬님은 구청의 허가를 얻어 마을의 한 공원에 분해정원을 만들었고, 현재 12가구가 참여하고 있다고 합니다. 신기하게도 냄새가 나지 않았습니다. 음식물 쓰레기통 주변에는 꽃이 가득했습니다. 쓰레기가 퇴비가 되어 꽃을 키워냈지요. 잘 기르고 잘 먹고 잘 버리는 인간이 되고 싶다는 생각이 더욱 간절해졌습니다.

마을에서 이렇게 적극적으로 일을 만들어 추진하는 사람들이 저는 무척 존경스럽습니다. 저는 앞장서서 일을 저지르기보다는 늘 이렇게 누군가가 추진하면 뒤에서 응원하는 편이거든요. 소 보금자리를 만들기 위해 애쓰는 범선님을 보면서도 마찬가지 생각을 했습니다. 저는 그렇게 저지르지 못하고 응원과 지지만 하고 있지요.

아롬님은 자신의 텃밭에서 화학비료와 비닐을 사용하지 않았습니다. 밭에 작물을 심기 전 땅에서 찾아낸 수십 리터의 쓰레기에 대해 들려주더군요. 땅속에서 말도 못하게 많은 쓰레기를 찾았답니다. 특히 비닐이 많았대요. 저는 무엇을 먹느냐에 대해서도 관심이 있지만 작물이 어떻게 길러지는지에 더 관심을 갖는 편입니다. 유기농, 친환경, 로컬 등으로 아무리 이름을 붙여도 사실 땅의 입장에서는 전혀 친환경도 유기농도 아닌 경우가 많거든요. 제초제로 수많은 풀과 미생물이 죽어요. 그런데 농사의 규모가 커지고 단일 작물을 길러야 하면 그럴 수밖에 없습니다. 환경철학자이자 환경운동가 반다나 시바Vandana Shiva가 그토록 소농을 강조하는 이유지요. 상품을 만들어내는 대농이 아니라 모두 조금씩 다양한 먹거리를 기르는 환경을 지향하지 않는 한, 기계와 화학비료에 의지할 수밖에 없어요.

아롬님의 30평 땅에는 수십 가지 작물이 자라고 있더군요. 조금씩 여러 종류가 함께 어우러져 있었어요. 심지어 벼도 있었습니다. 쌀을 먹기 위해서가 아니라 짚을 사용하려고 기른다고 합니다. 딜 옆에는 바질이, 그 옆에는 샐러리가 있었습니다. 서로 상호작용을 하며 자란답니다. 고수, 딜, 바질, 샐러리, 깻잎, 애플민트, 버터헤드레터스를 얻어 왔어요. 샐러리는 아예 세 뿌리를 얻어서 지금 베란다에서 키우고 있습니다. 아침저녁으로 샐러리를 살피는 게 요즘 작은 기쁨이랍니다. 애플민트를 우려 밤마다 차를 마셨더니 잠을 잘 잡니다. 딜을 넣어 방울토마토 초절임을 만들었고, 오늘 저녁에는 남은 딜을 오이 초절임에 넣으려 합니다. 오이와 딜이 잘 어울려요.

6월 3일이 단오입니다. 어제는 엄마 칠순 생일이었어요. 칠순 축하와 단오제 구경을 위해 내일모레 강릉에 갑니다. 한국전쟁 중에도 멈추지 않았던, 유네스코 인류무형문화유산인 강릉단오제가 코로나로 2년간 제대로 열리지 못했습니다. 3년 만에 개최되니 기대가 큽니다. 다음 편지에는 아마도 단오 이야기를 들려줄 수 있겠네요. 단오는 도시 전체가 흥에 취하는 아주 큰 행사입니다. 제 큰삼촌은 오랫동안 취미로 밴드 활동을 했어요. 드럼 담당인데 노래도 잘합니다. 큰삼촌이 이번 단오제에서 노래 경연에 참여했는데, 예선을 통과해서 현충일에 본선 공연을 한대요. 우리 가족 모두 응원을 가기로 했어요. 그러고 보면 엄마 쪽 사람들은 공연예술형 인간인데 저는 아빠를 더 많이 닮아 춤과 음악

텃밭 재료들로 만든
방울토마토 딜 초절임

1. 방울토마토의 꼭지를 따고 칼로 열십자를 냅니다. 토마토도 좋지만 방
   울토마토가 더 편해요.
2. 방울토마토를 끓는 물에 넣어 데칩니다.
3. 데친 방울토마토의 껍질을 깝니다. 귀찮으면 껍질을 안 까도 되지만,
   맛과 식감에는 확실히 차이가 나요.
4. 방울토마토와 손질한 딜을 섞어 놓습니다.
5. 식초, 물, 설탕을 1:1:1 비율로 넣고 끓인 후, 딜과 섞어놓은 방울토마토
   에 끼얹습니다.
6. 식힌 후 밀폐 용기에 잘 담아서 냉장고에 넣어 보관합니다.
7. 하루이틀 지나면 꺼내 먹습니다.
8. 토마토 대신 오이를 넣으면 오이 딜 초절임이 됩니다.

화를 내기보다는 화음을 쌓으려고 해요

에 재능이 없습니다.

참, '남도의 풍류'를 말하니 옛날 기억이 떠오릅니다. 오래전 지리학자 친구가 프랑스 브르타뉴 지역의 음악과 한국 전라도의 음악을 비교 연구하는 작업을 곁에서 본 적 있습니다. 함께 브르타뉴 지역의 음악 축제를 다니며 얼떨결에 추지도 못하는 민속춤을 추고 늦은 시간까지 주민들이 주는 시드르*를 마시며 몇 날 며칠을 보냈던 기억이 납니다. 저는 한 번도 생각해보지 못했는데 지리학자 친구는 브르타뉴와 전라도의 지형, 상대적으로 소외받았던 역사 등에서 공통점을 찾더군요. 그들에게 음악이 공통적으로 어떤 역할을 했는지 밝혀나가는 흥미로운 연구였습니다. 어쩌면 저는 풍류의 남성성, 풍류의 계급성을 전복시키는 풍류를 추구하는 것인지도 모릅니다.

2022년 5월 31일
김포에서
라영 드림

---

* 프랑스 노르망디 지역에서 시작된 가볍고 대중적인 사과주.

같은 시공간에서
함께 합주하는 것처럼

전범선

그라디바 리, 라영님께

안부를 먼저 묻습니다. 눈은 좀 어떠신지요? 지난
편지를 받고 걱정했는데, 이후 페이스북에 올리신 글도 보
았습니다. 지금 이 편지를 읽으실 수 있는 상황인지 모르겠
습니다. 각막이 아프시다니, 어떤 고통일지 상상이 안 가요.
도수 없는 보호안경을 쓰고 계신 줄도 몰랐습니다. 속히 안
정을 찾으시길 간절히 바랍니다.

　　의사의 진단 앞에 한없이 무력해지는 경험을 떠올
립니다. 아버지께서 암 재발 판정을 받았을 때였습니다. "볼
수 없을지도 모른다"는 공포는 실로 어마어마합니다. 저는
사랑하는 사람을 더 이상 볼 수 없을지도 모른다는 생각에

치를 떨었습니다. 아예 온 세상을 볼 수 없을지도 모른다는 생각은 한없이 두렵습니다. 라영님이 병원에서 느끼셨을 암담함에 조금이나마 공감합니다.

페이스북에서 근황을 살피다가 새삼스럽게 라영님의 닉네임인 'Gradiva Lee'라는 이름에 주목했습니다. 그러고 보니 라영님은 왜 '그라디바'인가? 'NY Lee'에서 'RY Lee'로 바뀐 일에 대해서는 논한 적이 있지만 그라디바는 여전히 미스터리입니다. 추측을 위해 검색을 해봤습니다.

1903년 출간된 요하네스 빌헬름 옌센^{Johannes Vilhelm Jensen}의 단편소설 〈그라디바〉. 고고학자 노르베르트 하놀트는 어느 고대 로마 조각상에 집착합니다. 사뿐히 걸어가는 모습의 젊은 여자의 조각상. 하놀트는 조각상을 '그라디바', 즉 '걸어가는 여자'라고 부릅니다. 어느 날 하놀트는 폼페이에 갔다가 실제로 걸어가는 그라디바를 봅니다. 마치 고대 폼페이로 시간 여행을 온 것 같은 환상 속에서 하놀트는 그라디바에게 라틴어로 말을 겁니다. 하지만 그라디바는 독일어로 답하더니 사라집니다.

1908년 지그문트 프로이트^{Singmund Freud}는 〈빌헬름 옌센의 '그라디바' 속 망상과 꿈〉이라는 에세이에서 하놀트의 정신을 분석합니다. 하놀트는 어릴적 조에 베르트강이라는 소꿉친구를 사랑했습니다. 하지만 그의 사랑은 억압됐고, 억압은 타협을 통해 정신이상으로 나타납니다. 하놀트의 경우에는 그라디바라는 망상인 것입니다. 화산재로 덮인 폼페이는 억압의 시적인 비유입니다. 하놀트가 덮어버린 조에 대한 사랑이, 그라디바를 통해 무의식적으로 드러납니다. 프로이트는 정신분석학이 억압된 사랑을 해방하는 치유라고 믿었습니다. 문명이란 그 자체로 억압입니다. 그래서 프로이트는 고고학자 하놀트처럼 고대에 대한 관심이 컸지요. 사람이 사회화되면서 욕망을 억제하듯이 사회도 문명화되면서 야만을 억누릅니다. 정신분석학은 사람의 어릴 적과 사회의 태곳적을 분석해 현재의 해방을 점칩니다. 잃어버린 사랑을 되찾습니다.

　　　프로이트를 읽으니, 초현실주의자들이 왜 그라디바를 숭배했는지 알겠습니다. 라영님도 비슷한 이유로 그라디바를 덧이름으로 삼으신 건가요? 그라디바의 본명인 조에 Zoë는 생명을 뜻합니다. 그러니 '그라디바 리'는 '이생명'이기도 하네요. 근대 문명은 여성, 동물뿐만 아니라 모든 생명을 대상화하고 억압합니다. 생명에 대한 생명의 사랑을 억누릅니다. 저는 라영님의 편지를 받을 때마다 생명애를 느낍니다. 고수, 딜, 바질, 샐러리, 깻잎, 애플민트, 버터헤드레터스 등의 이름을 읽으며 기뻐합니다. 라영님의 시선을 따라 저의 감정도 전이됩니다. 우리의 서간문이 독자에게 텃밭이나

같은 시공간에서 함께 합주하는 것처럼

정원처럼 읽혔으면 좋겠습니다.

분해정원 사진도 페이스북에서 보았습니다. 안 그래도 보금자리에서 소똥을 어떻게 활용할 수 있을까 고민하던 차에 반갑습니다. 요즘은 윤작이 뭔지, 유기농 재생순환 농업에는 뭐가 필요한지 차근차근 알아보고 있습니다. 소를 착취하지 않으면서 공생하는 법을 궁리합니다. 보금자리도 분해정원처럼 악취가 나지 않으면 좋겠어요. 분뇨 처리 시설을 따로 짓지 않고도 말이죠. 소와 함께 사는 법을 생각할수록 잃어버린 사랑을 되찾는 기분입니다. 근대 문명이 나누고 가두고 옮겼던 관계를 회복합니다. 머위, 메밀, 미나리, 부들, 창포, 엉이가 저의 그라디바입니다. 단절된 연결, 억압된 욕망입니다.

그라디바에 이어서 서혜경 피아니스트도 검색해봤습니다. "포기하고 싶지 않은 엄마의 욕망을 상징하는 이름". 그렇다면 서혜경은 어머니의 그라디바입니다. 저의 어머니 임인숙은 피아노 선생님이었습니다. 하지만 제가 태어나자 육아를 위해 일을 그만두셨습니다. 당신은 포기할 수밖에 없었던 일을 저는 다 하고 산다며 억울해하십니다. 임인숙에게는 '아직 숨은 헌책방'이 서혜경 같은 이름입니다. 포기하고 싶지 않은 욕망입니다. 엄마는 저를 다 키우고 나서야 헌책방을 열었습니다. 쉰이 넘어서 배운 국악과 같습니다. 저는 '아직 숨은 헌책방'에 갈 때마다 고유한 아름다움에 매료됩니다. 미로 같은 책꽂이, 들쭉날쭉한 영업시간, 종잡을 수 없는 큐레이션. 그리고 언제까지나 '아직 숨어 있겠다'는 태도! 임인숙의 풍류가 고스란히 담긴 곳입니다.

풍류의 남성성과 계급성을 전복시키자고 하셨습니다. 공감합니다. 나아가 풍류의 인간성도 탈피하고 싶습니다. 바람과 흐름, 풍류는 애초에 인간의 것이 아닙니다. 뭇생명의 것입니다. 무기물에게도 풍류가 있습니다. 있는 그대로의 경향을 존중하는 것이 풍류입니다. 반대로 억압이란, 말씀하신 것처럼 고유성과 개별성을 무시하고 권력자의 의지에 따라 생명을 움직이는 것입니다. 오늘날 인간은 모든 비인간 존재를 억압하고 있습니다. 제가 좇는 풍류는 조선시대 양반들 같은 지배 계급 남성 인간의 '럭셔리'가 아닙니다. "모든 다름의 조화로운 뒤섞임"이 맞습니다. 자연의 리믹스입니다. 고대에 대한 상상이기도 합니다. 일찍이 최치원은 "나라에 현묘한 도가 있는데 이를 풍류라 이른다"고 기록했습니다. 유불선 삼교를 통합한 한반도 고유의 전통 영성이 풍류도입니다. 저는 페미니즘, 비거니즘, 에콜로지가 오늘날의 유불선이라고 믿습니다. 유가의 가부장제를 뒤집는 것이 페미니즘이고, 불가의 불살생과 도(선)가의 무위자연을 계승하는 것이 각각 비거니즘과 에콜로지입니다.

같은 시공간에서 함께 합주하는 것처럼

폼페이에서 그라디바를 상상하듯이, 지리산에서 풍류를 찾았습니다. 나중에 기회가 되면 청학동 삼성궁을 방문해보시길 추천합니다. 어느 도인이 40년간 돌을 쌓아 올린 아주 현묘한 곳입니다. 삼성궁은 환인, 환웅, 단군 세 명의 성인을 모신 궁인데, 그 앞에 마고성이 따로 있습니다. 연못이 참 아름다워요. 단군이 한민족의 아버지라면 마고는 인류의 어머니입니다. 그리스의 가이아, 잉카의 파차마마[*]와 같습니다. 문명은 동서를 막론하고 하늘의 아버지가 건설합니다. 환웅도 그렇고 야훼도 그렇습니다. 그런데 문명 이전으로 거슬러 올라가면 대지의 어머니가 있습니다. 가이아와 파차마마와 마고라는 이름의 지구가 있습니다. 저에게 풍류란 마고를 다시 만나는 일입니다. 하나인 생명을 인간과 비인간, 남성과 여성으로 나누기 이전을 떠올리는 의식입니다.

춤과 노래만 한 의식이 없지요. 새처럼 소리 내고 물처럼 움직입니다. 아마 다음 편지를 보낼 즈음에는 양반들의 음반 〈바람과 흐름〉이 발매될 것 같습니다. 엊그제 믹싱을 마쳤어요. 〈흐름〉, 〈물놀이〉, 〈암자〉, 〈가을잎〉 총 네 곡입니다. 이번 음반은 저의 음악 인생에서 가장 뿌듯하고 만

---

[*] 잉카 문명에서 섬기던 대지의 어머니 신.

족스러운 작업입니다. 결과도 좋지만 과정이 즐거웠습니다.

과거 '전범선과 양반들' 시절에는 솔직히 제가 모든 멤버의 고유성과 개별성을 존중했다고 말할 수 없습니다. 리더의 권력을 이용해 그들의 창작을 통제했습니다. 하지만 지금의 '양반들'이 된 이후에는 완전히 내려놓았습니다. 저는 판만 깔고, 멤버들의 자연발생적인 즉흥연주를 녹음합니다. 그 위에 가사와 곡조를 덧붙입니다. 약간의 형식만 부여하면 끝입니다. 혁명이 아닌 조화, 방랑이 아닌 풍류를 화두로 삼으니 작업 방식도 재즈스럽게 바뀌었습니다. 요즘 방식대로 각각 컴퓨터로 녹음해서 믹싱하는 게 아니라, 동시에 합주한 음악을 녹음했습니다. "모든 다름의 조화로운 뒤섞임"을 위해서는 말 그대로 믹싱이 관건입니다. 같은 공간, 같은 공기에서 섞을 때 제일 조화로운 소리가 난다는 사실을 이번에 뼈저리게 느꼈습니다. 아무리 차후에 기술적으로 공간감을 구현해도 역부족입니다. 모든 존재의 다름을 인정하는 것만큼, 모든 시공간의 고유성과 개별성도 인정해야 합니다. 밴드로서 한번 빚어낸 에너지를 똑같이 재현하는 것은 불가능합니다.

그래서 모든 공연과 축제가 존엄합니다. 단오제는 어땠는지 궁금해요. 양의 기운이 가장 충만한 5월 5일, 신에게 제사를 지내고 밤낮으로 음주가무를 멈추지 않았던 축제. 고대의 단오제는 오늘날의 레이브^{rave}*와 비슷했던 것 같습니다. 지난 주말에 춘천의 어느 숲에서 열린 〈에어하우스〉라는 레이브에 다녀왔습니다. 48시간 동안 음악이 끊이지 않았죠. 정말 오랜만에 느끼는 해방감이었습니다. 강릉 단오제 같은 지역 축제도 박제된 문화유산이 아닌 살아 있는 축제면 좋겠습니다.

　　인제군청에 제안을 해서, 내후년부터는 비건 축제를 개최할 것 같습니다. 기후위기로 인해 사라진 빙어 축제를 대신합니다. '하늘내린' 인제의 청정 이미지에 걸맞은 친환경 축제로 자리 잡을 것입니다. 인제는 설악산과 금강산 사이에 있는 터라 산채가 특히 풍부합니다. 얼마 전 '청정골'이라는 산채 전문 식당에 갔다가 깜짝 놀랐습니다. 강원도에서 태어나 30년간 그렇게 많은 종류의 나물을 먹어본 적이 없습니다. 조만간 인제 비건 축제에 라영님을 모시고 담소를 나누는 상상을 해봅니다.

　　"화를 내는 대신 화음을 쌓았다"는 말이 마음에 남습니다. 어제도 저는 같이 일하는 동료에게 의도치 않게 화를 내었습니다. 바로 사과했지만 부끄러웠습니다. 요즘 저는 모든 인간관계, 특히 정치가 음악 같다면 어떨까 생각합

---

* 디제이들이 즉흥으로 연주하는 테크노·하우스 등의 클럽 음악을 들으며 즐기는 밤샘 파티.

니다. 밴드는 서로 화를 내는 순간 아무것도 할 수가 없습니다. 하모니가 목적인 집단이기 때문입니다. 국회도 그래야 하지 않을까요? 모두가 한목소리를 내야 한다는 것이 아니라, 다름이 모여 화음을 이뤘으면 좋겠다는 뜻입니다. 공자의 예악 사상도 결국 정치를 음악처럼 하라는 얘기입니다. 각자를 존중하고 내버려두되 모두가 조화를 이루는 길. 쉽지 않은 밸런스인 만큼 추구할 가치가 있다고 믿습니다.

어느덧 편지를 주고받은 지 1년이 다 되어갑니다. 올해가 가기 전에는 서간문을 마무리하고 직접 만나겠지요. 한 달 주기의 메일로 띄엄띄엄 뒤섞다가 직접 말을 섞으면 얼마나 기쁠까요. 마치 따로따로 녹음하다가 다 같이 합주하는 것처럼요. 설레는 마음입니다. 다시 만날 때까지 부디 안녕하시길 빕니다.

2022년 6월 15일
해방촌에서
전범선 모심

분노와 희망

우리의 결핍을
위하여

이라영

우리의 결핍을 위하여, 범선님께

2주 전까지만 해도 이번에 제때 편지를 보낼 수 있을지 장담하기 어려웠습니다. 편지가 늦어진다는 편지를 보낼까 생각도 했습니다. 그런데 어찌어찌 시간이 흘러 비교적 일상을 회복하긴 했습니다. (마음은 별로 그렇지 않습니다.) 연이어 우울한 소식을 전하는 게 저도 썩 좋진 않지만, 상황이 예측할 수 없이 흘러갑니다.

제가 안질환으로 여전히 병원에 다니고 있어 편치 않은 상태이지만, 그보다 더 심각한 다른 문제가 생겼습니다. 얼마 전 가족이 백혈병 진단을 받았습니다. 백혈병이라니. 우리 가족에게 벌어진 일이 만약 드라마에 나왔다면 저는 '신파', '억지 설정'이라고 혀를 끌끌 찼을 겁니다. 엄마의 칠순 생일을 즐겁게 보낸 뒤 강릉 단오제를 구경하려고 부모님과 함께 강릉 시내를 걸어가다가 전화로 소식을 들었던 그 순간의 마음은 표현할 길이 없습니다. 누가 장난을 치는 것 같았습니다. 행복해하는 우리 가족을 놀리려고 누군가 작당을 벌인 것처럼 비현실적으로 느껴졌습니다. 엄마 생일의 뒤끝은 그렇게 엉망진창이 되었답니다. 그 후 며칠간은 인생에서 가장 공포스러운 시간을 보냈습니다. 진단받은 당일부터 혈소판 헌혈을 위해 여기저기 연락해서 헌혈자를 구하느라 울고 자빠질 시간조차 없었습니다.

　지금 환자는 병원에서 생각보다 잘 버티고 있습니다. 긴 투병의 시간이 기다리고 있지요. 항암이니 투석이니 이런 것들과 멀찌감치 떨어져 있던 제게는 이 모든 일이 너무 갑자기 들이닥쳤습니다. 첫 주에는 절망적이고 무서운 말들을 들었지만 다행히 지금은 한 고비 한 고비 잘 넘어가고 있는 걸로 보여요. 백혈병에 대해 아는 게 전무했는데 이렇게 혹독하게 배워갑니다.

　저는 환자도 아니고 주 보호자도 아닙니다. 엄밀히 따지면 저는 환자와 보호자를 돌보고 위로하는 역할을 해야 할 위치에 있지요. 그런데 이 위치가 제게 주는 무게가 상당합니다. 이 위치는 어떻게 보면 지금까지 제 삶을 강하게 지배해왔다고 할 수 있어요. 어릴 때 저의 동생 한 명이 죽었습니다. 제가 목격한 최초의 탄생이며 최초의 죽음입니다. 늙기 전에 죽은 아이를 보면서 어린 시절 저는 삶이 '생로병사'가 아니라 '생병사'일 수 있다고 생각했습니다. 늙을 기회도 없는 사람들을 보는 게 여전히 슬픕니다.

잊히지 않는 한 기억이 있습니다. 그때 저는 아마 열한 살이나 열두 살 정도 되었을 겁니다. 어쩌다 그 말이 나왔는지는 모르지만 우리 집에 온 동네 아주머니에게 제가 "아줌마, 제 동생이 몇 년 전에 죽었잖아요"라고 했어요. 제 눈에는 키가 커 보이던 그 아주머니가 저를 내려다보며 이렇게 말했어요. "차라리 잘된 거야. 살았어 봐. 네 엄마가 더 고생이지."

죽은 아이는 장애가 있었거든요. 장애가 있는 몸은 살아도 '엄마가 더 고생'이기 때문에 죽는 게 '차라리 잘된' 것이라는 이 말은 두고두고 잊히지 않습니다. 그 순간에는 저도 고개를 끄덕이며 그 말을 받아들이려고 애썼습니다. '엄마가 더 고생'이라니까 그 말이 맞는 것 같지요. 하지만 아무리 세월이 흘러도, 아니, 오히려 세월이 흐를수록, 저는 그 말이 너무도 잔인하게 느껴졌습니다. 그리고 언젠가부터 저는 그런 생각에 단호하게 반대하게 되었습니다. '엄마가 더 고생'이라는 말은 많은 의미를 담고 있답니다. 그 아주머니의 잘못이 아닙니다. 장애와 질병을 온전히 개인이 감당할 몫으로 치부하는 사회에서, 엄마라는 이름으로 여성이 더 혹독하게 돌봄을 감당해야 하기 때문에 벌어지는 일입니다.

질병과 장애의 고통은 신체에만 머무는 게 아니라 사회적 차원에서도 벌어집니다. 장애는 물론이고 질병도 여전히 '다른 사람을 불편하게 만드는' 짐처럼 여겨집니다. 이번에 우리 가족이 긴 시간 투병을 해야 할 상황에 처하자 저는 이 사실을 또 느꼈습니다. 앞으로 환자는 퇴원 후에도 여러 제약을 받게 됩니다. 그런데 환자가 속한 집단에서는 그가 같은 공간으로 다시 돌아오는 것을 꺼려하더군요. 아픈 사람과 함께 있으면 신경 쓸 게 너무 많아지기 때문이죠. 저는 분개했습니다. 이게 공동체냐! 아픈 사람을 품어줄 생각은 안 하고 오히려 배제한다고? 세상이 이 정도야? 너희들은 안 아프고 천년만년 살 줄 아냐! 코로나를 겪고도 이 사회는 달라진 게 없구나. 속으로는 이렇게 화가 났습니다. 그런데 엄마는 달리 말하더군요. "어쩌겠니. 우리 잘못이니까⋯⋯." 잘못? 여전히 아픈 사람에게서 '잘못'을 찾는 엄마는 저처럼 분개하기보다는 위축되는 편입니다. (제가 정확하게 누가 환자인지 밝히지 않고 에둘러 쓰는 이유도 저와는 달리 다른 가족들은 질병을 낙인처럼 여기기 때문입니다.)

저는 가족들 중에서 가장 '비정상'입니다. 달리 말하면 다른 가족들은 매우 '정상적'입니다. 그러나 정상성은 규범에 따라 수행되는 것이지 결코 본질도 진실도 아닙니다. 정상성에 대한 반항아인 저는 가족들의 이런 모습을 지켜보며 이중 삼중으로 천불이 납니다. 최근 유행처럼 '돌봄'이 화두에 오르지만 이 사회에서 돌봄의 세계는 여전히 내팽개쳐져 있습니다.

이 상황에서 제가 할 수 있고 해야 하는 일 중 하나는 바로 가족의 식사 챙기기입니다. 엄마는 제가 밥을 하느라 고생한다고 김치 12킬로그램과 이런저런 반찬들을 보냈습니다. 김치냉장고가 있는 집에서는 12킬로그램이 별 게 아니지만, 322리터 냉장고 하나만 쓰는 저희 집에서는 이 김치를 냉장고에 넣는 작업만 두어 시간은 걸렸답니다. (보통 2인 가정에서도 500리터 정도의 냉장고를 사용하더라고요.) 우선 냉장고를 정리해서 자리를 확보하고, 크고 작은 통을 씻은 후 김치를 나눠담고, 그 과정에서 칼과 가위가 동원되고, 손에 김칫국물이 묻으니 냉장고를 여닫을 때마다 손을 씻어야 하고, 아무리 조심해도 바닥에 김칫국물이 뚝뚝 흐르고…… 모두 정리하니까 시간이 그렇게 흘렀더군요.

요즘 마음이 좋지 않아 엄마가 보낸 김치들과 반찬을 꺼내 먹느라 식재료 손질을 소홀히 했더니 표고버섯에

곰팡이가 피었습니다. 평소에 과일 껍질 외에는 거의 음식물 쓰레기를 만들지 않았는데 버섯을 버리면서 정신이 번쩍 들었습니다. 내 가족 살려달라고 기도하면서 정작 내가 살리는 노동을 소홀히 했구나.

미디어에서는 요리사들이 나와 근사한 요리를 선보이지만, 실제 생활의 영역에서 진짜 요리의 핵심은 저장이라고 생각해요. 식재료부터 먹다 남은 음식에 이르기까지, 요리란 결국 저장의 역사가 아닐까 생각이 들 정도지요. 발효, 염장, 냉동, 건조 등은 모두 오래 먹기 위해 만들어진 방식이니까요. 신선하고 좋은 식재료로 음식을 만드는 건 어렵지 않아요. 못생기고, 망가지고, 상하기 직전의 식재료들을 이리저리 살려내고, 애매하게 남은 음식을 다른 요리로 전환시키는 작업이 중요해요. 그렇지 않다면 아마도 음식물 쓰레기 봉지를 날마다 가득 채우는 일이 벌어질 수 있지요. 우리나라 국민 1인당 음식물 쓰레기 배출량이 1년에 134킬로그램이라고 해요.

흙 묻은 파는 손질한 뒤 냉장고에 보관하고, 양파는 껍질을 벗기고 뿌리 부분을 자른 후 밀폐 용기에 보관하고, 오이는 신문지에 싸서 냉장고에 넣어두면 비교적 오래 먹을 수 있어요. 사과와 감자를 함께 보관하면 감자에 싹이 덜 납니다.

6월이라 엄마가 살구를 보내줬는데 살구가 물러지려고 해서 잼을 만들었습니다. 흐물흐물해지기 직전의 콩나물을 마늘과 함께 들기름에 볶았어요. 예전에는 여기에 베이컨을 넣었지만, 제가 고기를 안 먹으면서부터는 표고버섯을 넣거나 바싹 구운 마늘을 콩나물과 섞어 볶아냅니다. 깐마늘은 냉장실에 오래 두면 곰팡이가 생기니까 냉동실로 옮기고, 개봉한 두부를 빨리 먹지 못할 때는 냉동실에 둬서 언두부로 만들어요.

숙모는 양파 껍질로 염색을 하던데 저는 아직 그렇게까지는 해보지 못했습니다. 아파트에서는 제약이 많아요. 마당이 있는 집에서 이리저리 펼쳐놓고 생활하면 좋겠어요. 물론 작은 마당이라도 생기면 각종 벌레들이 출몰해서 저를 난감하게 만들겠지만요. 가끔 잘 모르는 저장 방법을 인터넷에서 찾다 보면 랩과 지퍼백이 많이 등장하더군요. 저는 위생장갑, 랩과 지퍼백 등을 거의 사용하지 않는 게 습관이 되어서 굳이 필요하지 않아요. 이리저리 돌아다니는 비닐봉지들을 재활용하고, 구독하는 신문지와 밀폐 용기를 활용해요.

텃밭에서 따온 못생긴 오이를 자르면서 생각했습니다. 마트에 있는 미끈한 호박과 줄기가 튼실한 샐러리는 사실 인간의 욕망이 성형해낸 모습이죠. 어느 순간 인간들은 그 모습이 '정상'인 줄 아는 상태가 되었습니다. 아주 작은 흠집도 견디지 못하는 인간이 되었습니다. 약하고 상처받은 것들을 외면하죠. 타자의 결핍과 상처를 견디지 못하는 인간은 스스로의 결핍도 부정할 것입니다.

범선님 아버님과의 마지막 순간을 책에서 읽었던 기억이 납니다. 지지님과 함께 쓴 책이었죠. "아빠는 끝내 눈을 뜨지 못했지만, 노래를 들으며 눈물을 흘렸다." 아버님의 암 재발 소식을 듣고 〈고별〉이라는 곡을 썼더군요. 더 이상 눈을 뜨지 못한 아버님 곁에서 범선님이 핸드폰으로 〈고별〉을 재생하는 모습을 상상했습니다. 그 노래를 들으며 아버님이 눈물을 흘려서 정말 다행이라고 생각했어요. 듣지 못했다면 더욱 슬펐을 테니까요. 아마 범선님도 아버지를 떠나보내는 노래를 그렇게 일찍 만들리라 생각하진 않았을 겁니다. 계획에 없던 곡이었겠지요.

세상은 참 살아갈수록 모르겠습니다. 한 치 앞을 모르기 때문에 예측할 수도 없거니와, 때로는 준비한다는 게 부질없게 느껴집니다. 고통은 항상 예약도 안 하고 들이닥치더군요. 계획은 자주 수정되거나 폐기되지요. 그렇다고 아무런 계획도 없이 살 수는 없고요.

비가 계속 옵니다. 보통 6월 초중순 보리를 거두기 전에 오는 비를 보리장마라 한다는데 올해는 6월 초에 가물었지요. 요즘은 비가 많이 내리고 바람이 심하게 붑니다. 이 바람과 비가 누군가에게는 계획에 없던 좋은 영향을 끼쳤으면 좋겠어요.

2022년 6월 30일
김포에서
라영 드림

추신 : 그라디바는 범선님이 찾은 그 그라디바가 맞습니다.
저는 초현실주의 작가들에 대해 공부했습니다.
그라디바는 초현실주의 (남성) 작가들의 뮤즈를 상징하는 이름이죠.
초현실주의 여성 작가들이 이 남성 작가들에 의해 작가로서
방해를 받은 면이 있어요. 신비스러운 대상으로 묘사할 뿐
여성 작가들의 창작에는 관심을 두지 않았거든요.
몽롱한 시선 속에서 제멋대로 박제된 이 '뮤즈'들을 하나씩 꺼내서
생동감 있는 창작자의 자리에 되돌려놓아야 한다고 생각합니다.
이미 많은 작가들이 그렇게 '재발견'되었지만 여전히 부족해요.

다음 파도를
기다리며

전범선

우리의 안녕을 위하여, 라영님께

가슴이 답답합니다. 편지의 문장에서 라영님의 아
픔이 느껴집니다. 위로하는 역할의 지겨움을 생각합니다.
나의 고통은 절대적이지만, 타인의 고통은 어디까지나 공감
의 영역이라는 사실이 안타깝습니다. 제 경험에 비추어 상
상할 뿐입니다. 다시 가슴이 먹먹합니다.

그래도 라영님의 안질환이 호전되었다니 다행입니
다. 가족분이 7월 중순에 퇴원하신다고 했는데, 지금은 어떠
신지요? 아버지의 암 재발 소식을 들었을 때가 떠오릅니다.
세상은 참 정의롭지 못하다고 생각했어요. 우리 아빠가 얼
마나 착한데. 술, 담배도 안하고 운동도 열심히 하는데. 원

인도 모를 희귀암에 걸렸다니! 도대체 왜? 번개를 맞은 기분이었어요. 억울하고 분통이 터졌습니다.

물론 저보다 어머니의 상실감이 더 컸을 것입니다. 저는 태어나서 처음으로 외동인 게 싫었습니다. 자라면서는 모부님의 사랑을 독차지해서 좋았는데, 아버지가 아프실 때는 부담을 나누고 싶었습니다. 아버지를 간호하고 어머니를 위로하는 일 모두 저에게는 매우 고통스러운 일이었어요. 가장 속상했던 장면이 기억에 오래 남아 있습니다. 돌아가시기 전날 밤 아버지의 모습을 잊을 수 없어요. 그 이전까지의 무수한 행복의 장면을 그 모습 하나가 덮어버립니다. 결말이 전체의 기억을 결정짓는 것 같아요. 저는 애써 어릴 적 보았던 아버지 얼굴을 떠올립니다. 분명 아픔보다 기쁨이 많았거든요.

어머니도 이제는 많이 나아지셨어요. 예로부터 삼년상을 치렀던 이유가 있는 것 같습니다. 세월이 흐르니까 저도 약간은 기억이 아득해집니다. 상처에 군살이 생깁니다. 전부 아물지는 못해도 덜 따갑습니다. 점점 새살이 돋겠지요.

저는 지금 다시 해남 에루화헌에 와 있습니다. 음반 작업과 다큐멘터리 촬영, 공연까지 겸사겸사 왔습니다. 지난번에 해남에서 만들었던 노래들을 서울에서 녹음해봤는데, 도저히 느낌이 안 살더라구요. 그래서 다시 바리바리 장비를 싸들고 같은 곳에 돌아왔습니다. 이번에는 날씨가 더워서 야외에서 연주하는 건 불가능했어요. 실내에 악기를 두었습니다. 같은 장소도 계절에 따라 기운이 많이 다릅니다. 사계절을 겪어봐야 알겠어요. 월요일부터 수요일까지 두륜산 장군봉을 바라보며 녹음 작업을 얼추 마쳤습니다.

목요일부터 토요일까지는 〈그린 투어링〉이라는 다큐멘터리 제작진이 함께했어요. 지난달부터 촬영하고 있는 작품입니다. 가수 하림과 양반들이 탄소 제로 콘서트를 기획하고 도전하는 내용이에요. 영국이나 독일에서는 공연뿐만 아니라 연극, 전시 등 예술 전반에서 탄소 배출량을 최소화하는 매뉴얼인 '그린북'이 보급되고 있어요. 저도 제작진에게 전달받았습니다. 밴드 공연은 관객들의 이동이 가장 탄소 배출의 비중이 크더라구요. 아무래도 여러 사람이 움직이니까요. 그다음이 아티스트와 스태프의 이동, 무대 음향 및 조명, 케이터링, 굿즈 제작 순서예요. 지역 주민을 위한 공연을 열어서 관객의 이동을 최소화하고, 하림 선배는 수소차, 저는 전기차로 이동했어요. 조명은 자연광을 최대한 활용하고 LED를 최소한으로 썼어요. 해남공룡박물관 옥상에서 해질녘에 모였습니다. 케이터링 대신 직접 비빔밥을 해 먹고, 굿즈로는 허브와 채소 씨앗을 종이봉투에 담아드렸어요. 사실 뮤지션이 기후위기의 주범도 아니고, 이렇게까지 하는 게 무슨 소용이 있을까 싶어요. 차라리 공연을 아예 안 하는 게 탄소 제로를 위해서는 낫겠죠. 이렇게 가다 보면 또다시 부정적인 감정의 소용돌이에 빠집니다. "왜 태어났지?"라는 질문으로 귀결되죠.

그래도 오늘 공연은 행복했어요. 숙소에 돌아와 여운이 남은 상태에서 편지를 씁니다. 공룡박물관답게 어린 관객이 많았어요. 어린이는 확실히 음악에 원초적으로 반응해요. 눈치를 보지 않고 리듬에 따라 몸을 마구 흔들더라구요. 어른은 뒤에서 가만히 앉아 있는데 말이에요. 저는 노래할 때만큼은 어린이 같고 싶어요. 노자老子, 올드 보이old boy, 늙은 어린이로 사는 게 꿈이에요.

공연 중간에 기후학자 조천호 박사님을 모시고 이야기를 청해 들었어요. 기후위기와 멸종에 대한 경각심을 강하게 불러일으키셨지요. 요즘 워낙 방송과 강연을 많이 하셔서 그런지 청산유수처럼 말씀하시더라구요. 대부분 저도 귀에 못이 박히듯이 많이 들었던 내용이지만, 한 가지 새로운 것을 배웠어요. 여태까지 다섯 번의 대멸종 사건이 있을 때마다 분명한 법칙이 있었습니다. 바로 최상위 포식자는 무조건 멸종한다는 거죠. 먹이사슬이 무너졌을 때 아래에 있는 종은 그래도 생존할 가능성이 있지만, 제일 위에 있는 종은 완전히 사라집니다. 그래서 지난번 다섯 번째 대멸종 때는 공룡이 사라졌습니다. 지금은 인간이 최상위 포식자이기 때문에 생태계가 붕괴하면 가장 위험할 겁니다. 젠가 게임만 해봐도 알 수 있죠. 아래에 있는 나무토막을 빼다가 어느 순간 균형이 깨지면 맨 위부터 와르르 무너집니다. 지금 인류가 처한 상황이 그렇습니다. 산호초가 죽고, 개구리가 멸종하는 게 남 일 같을 수 있지만, 우리의 종말이 될 수 있습니다.

공연의 재미를 더하기 위해 설정을 가미했습니다. 우리가 2050년에 똑같은 곳에서 다시 공연하는 것이라고 가정했어요. 이대로 가면 30년 뒤에는 어떤 모습일까? 제작진의 요청으로 제가 일기를 한번 써봤습니다. 무대 위에서 읽었던 내용을 여기에도 덧붙입니다.

2050년 7월 15일 범선의 일기

내일은 콘서트가 있는 날이다. 해남멸종동물추모관에서 하림 선배와 양반들이 같이 공연한다. 양반들과 30년 가까이 함께해온 사실이 뿌듯하다. 나도 이제 환갑인데, 아직도 노래 부르고 춤추고 있다니! 요즘 같은 시대에 야외에서 공연을 할 수 있다는 건 정말 감사한 일이다. 이제 야외 공연은 사치가 되어버렸다. 날씨를 예측하기가 정말 힘들다. 내일도 행여나 폭우가 내리는 건 아닐지 걱정이다. 비가 안 와도 찜통 더위가 두렵다.

어쩌다 이렇게 된 것일까? 제대로 된 밥을 먹은 지 너무 오래되었다. 전 지구적인 가뭄과 흉년으로 난민 사태가 발생하고, 분쟁 지역이 늘어났다. 식량 안보가 무너지면서 순식간에 먹거리가 귀해졌다. 상춧값이 오르고, 참기름이 품절되는 정도는 견딜 만했다. 그런데 몇 해째 농사가 전국적으로 망해버리니, 재난 상황이 되었다. 국가가 배급해주는 대체 식품도 진절머리가 난다. 어릴 적 먹던 밥상이 그립다.

30년 전, 이맘때 같은 곳에서 공연을 했었다. 그때는 이름이 공룡박물관이었다. 이후 고릴라, 펭귄, 코끼리 등 무수히 많은 동물이 멸종했고, 공룡과 더불어 전시되었다. 솔직히 인간도 머지않은 것 같다. 우리도 멸종하지 않기 위해서는 국가의 통제를 따라야 한다고 한다. 뜻에는 동의하지만, 너무 답답하다. 살맛이 안 난다. 이번 공연을 위해서도 탄소 배출량을 허가받고, 그만큼 탄소 포집 인증을 받았다. 이렇게까지 음악을 해야 하나 싶다.

이 시국에 우리가 공연을 하는 게 무슨 의미일까? 다들 맑은 하늘을 마지막으로 본 게 언제인지, 우울증에 시달린다. 그래도 우리는 음악을 연주한다. 답답한 마음을 조금이나마 씻어내리길 바란다.

내일이 어쩌면 내 마지막 공연은 아닐까? 앞으로 또 언제 이런 감사한 기회가 있을까?

공연 끝나고 뒤풀이로 해남 고구마 구워 먹고 싶다…….

고구마 먹은 지 어언 10년은 된 것 같다.

우스갯소리로 관객들에게 "제가 올해로 환갑입니다" 하면서 이 일기를 읽었어요. 사실 그 자리에 있는 대부분의 사람들이 2050년에도 살아 있을 텐데, 과연 그때도 이렇게 모일 수 있을지 의문이었습니다. 공연장에서 바다가 내려다보여서 한층 실감이 났어요. 그린란드 빙하가 다 녹으면 해수면이 7미터 오른다는데, 그게 어느 정도일지 가늠이 됐습니다. 해안 도시가 파괴되면 문명의 50퍼센트가 사라져요. 그때도 지금처럼 신나게 노래할 수 있을까요.

멸종에 대한 경고에도 불구하고, 어린이들은 해맑게 놀았어요. 해남으로 유학 온 초등학생들이더라구요. 아이들을 시골에서 키우고 싶은 학부모들이 단체로 이사를 왔다고 해요. 확실히 생기 있어 보였어요. 해남 유학이라니. 대치동 유학을 갔던 저로서는 상상도 못한 개념입니다. 하지만 그 친구들이 뛰노는 걸 보니 이해가 되었어요. 학원에 갈힌 초등학생들보다 훨씬 건강하고 행복할 수밖에요.

이곳 에루화헌의 개들도 비슷해요. 평생 밖에서 풀어놓고 키웠어요. 지난번에는 별이, 달이 모녀만 있었는데 그새 점순이라는 진돗개가 생겼어요. 어느 날 그냥 이곳에 찾아왔답니다. 개들은 하루 종일 밖에서 누워 있다가 밥 먹고 뛰어놀다가 잡니다. 여기 개 팔자는 진짜 상팔자예요. 에루화헌이 아슈람이자 암자, 소도와도 같은 곳이기 때문에 가능하겠죠. 만 평 넘는 부지를 자유롭게 쏘다닙니다. 옛날에는 다들 개를 이렇게 키웠다고 하는데, 저는 너무나도 낯설고 신기해요. '동물 생추어리sanctuary'가 이런 거겠죠. 물론 여기에는 개랑 고양이밖에 없지만요.

해남에 오기 전에는 열흘 정도 인도네시아 발리에 있다가 왔어요. 짝꿍이 그곳에 오래 살아서 궁금했습니다. 비건 식당이 많고 요가와 서핑을 하기 참 좋더라구요. 비행기 타는 것에 대한 죄책감이 있었는데, 그보다 한국을 벗어나고 싶다는 마음이 우세했습니다. 남한은 사실상 섬이에요. 유럽에서는 비행기 대신 기차를 타고 국외 여행을 가면 되지만 한국에서는 불가능하죠. 비행기 타고 돌아와서 탄소 제로 콘서트를 하는 것이 참 웃겨요. 하지만 이런 유형의 모순에 익숙해지기로 했습니다. 남에게 엄격한 잣대를 들이대는 것만큼 나를 검열하는 것도 굉장히 피곤한 일이에요. 요새는 불완전함을 포용하는 법을 연습하고 있어요. 아무튼, 발리에서는 해남 이상의 안식을 얻었어요. 에덴동산은 열대지방이었던 것이 분명합니다. 망고와 코코넛 같은 열매가 풍성히 자라는 곳에서는 정말 과일만 먹고 살 수 있어요. 날씨도 건기라서 한국보다 쾌적했습니다.

발리 개들도 거의 풀어져 있어요. '안징'이라고 부릅니다. 고양이는 '쿠칭'이에요. 신기하게도 발리는 안징들이 집 밖에 살고 쿠칭들이 집 안에 살아요. 한국이랑은 반대죠. 이동의 자유가 보장되면 개들은 주로 대문 앞에 자리를 잡아요. 문지기처럼 집을 지키죠. 고양이들은 오히려 마당에 들어와서 늘어져 있어요. 안징들은 꼬리가 깁니다. 한국 개들은 펫샵에서 꼬리가 잘려 나온 경우가 대부분이에요. 발리에서 저는 한국 동물운동의 현실적 목표를 보았어요. 개농장이 없는 나라에서는 이럴 수 있구나. 한국은 혹시나 누가 잡아먹을까 봐 개를 풀어두기도 무섭잖아요.

발리는 힌두교 문화권이기 때문에 소도 잘 안 먹어요. 소고기 식당을 거의 못 봤어요. 마트에도 우유보다 코코넛 밀크, 캐슈너트 밀크 등 식물성 음료가 더 많아요. 견과류가 많이 나오는 지역이라 생산이 용이하겠죠. 길거리에서 소를 심심치 않게 만났습니다. 그냥 논밭에서 서성이고 있어요. 한국에서 저희는 소 여섯 명을 위한 보금자리를 만들려고 안간힘을 쓰고 있는데, 발리에서는 오토바이를 조금만 타고 가다 보면 소를 여럿 만날 수 있어요. 종교적인 이유로 보호하는 것이라 발리가 동물권에 있어 앞서 있다고 말할 수는 없지만, 그래도 소('사피'라고 불러요)가 거리에 있다는 것 자체가 저는 충격이었어요. 우리에 갇히지 않은 소를 많이 보고 싶어요.

발리에서는 서핑, 요가, 명상을 하면서 스스로에게 집중했어요. 서핑은 제가 초보라서 힘에 부칠 때가 많아요. 파도를 거슬러서 패들링해야 하고, 파도가 올 때까지 둥둥 떠서 기다려야 해요. 가끔은 거센 파도가 연속으로 덮칠 때가 있어요. 저는 몇 번 물결에 휩쓸려 곤두박질쳤어요. 아예 해변까지 밀려 나온 적도 있지요. 체력이 달릴 때마다 호흡에 집중하는 연습을 합니다. 근육이 뻐근한 것도 있지만, 사실 마음의 문제더라구요. 숨을 들이쉬고 내쉬는 일에 심혈을 쏟다 보면 안정이 됩니다. 파도와 하나될 수 있어요. 큰 힘을 들이지 않고도 물을 저을 수 있습니다.

보드 위에 앉아서 저는 물결을 생각했어요. '동물해방물결'은 어떻게 일어날까? 저는 여태까지 물결을 일으킬 고민을 많이 했던 것 같아요. 호수에 조약돌 하나 던지면 일어나는 파동처럼 해방의 물결이 퍼져나가길 꿈꿨어요. 그런데 운동을 해보니까 물결은 누가 일으키는 게 아니더라구요. 우리네 삶은 고인 물이 아니라 망망대해였어요. 잔잔해 보이다가도 가끔 어마어마한 파도가 몰려옵니다. 우리가 할 수 있는 일은 호흡을 고르고 준비하고 있다가 물결을 타는 것밖에 없어요. 아직까지는 파도를 잡는 것보다 물에 빠지는 일이 더 많지만, 점점 흐름이 잘 보일 거라고 믿습니다.

해남에서 탄소 제로 콘서트를 여는 동안 서울에서는 개 도살 금지를 위한 국민 대집회와 퀴어 퍼레이드가 동시에 열렸어요. 오늘이 초복이었습니다. 해남은 맑지만, 서울은 비가 많이 왔다고 해요. 인스타그램을 보니 지인들이 전부 거리에 몰려 나간 모양이에요. 파도가 넘실대는 그림입니다. 8월 27일에는 동물권 행진이 있을 예정이에요. 비건 퍼레이드와 비슷합니다. 예전에는 보신각에서 했는데 이번에는 용산에서 모입니다. 모두의 안녕을 바라는 이들이 다 같이 파도 타는 상상을 합니다.

퀴어 퍼레이드 사진 중 "살자, 함께하자, 나아가자"라는 구호를 보았어요. 운동이란 결국 움직임이잖아요. 진보, 즉 나아가는 걸음도 이제는 다른 비유가 필요하지 않나 싶어요. 역사는 행군하듯이, 기차가 전진하듯이 움직이는 것 같지 않아요. 우주의 모든 변화처럼 파동으로 나아갑니다. 함께 살고, 살리는 우리의 운동 역시 마루가 있고 골이 있겠죠. 아픔과 기쁨이 오고 갑니다. 그 속에서 우리는 손잡고, 어깨동무하고, 등을 맞대고, 호흡을 고릅니다. 이번 파도가 지나갈 때까지 버티고 다음 파도를 기다립니다. 흐름 속에서 같이 살아냅니다.

예정도 없이 찾아오는 고통을 조금이나마 나누고 싶어요. 오늘은 작별 인사를 꾹꾹 눌러씁니다. 안녕히 계세요! 거센 풍랑 속에서 안녕한 것만큼 큰 축복이 있을까요. 저도 내일 안녕히 서울로 돌아가겠습니다.

2022년 7월 16일
해남에서
전범선 모심

불행을
함께 겪을 의무

이라영

인간의 책임을 생각하며, 범선님께

와, 무척 뜨거운 나날입니다. 조금 전 라디오에서 들으니 오늘 서울이 36도였다고 합니다. 이 뜨거운 날씨에 저는 며칠간 남도를 헤매고 다녔습니다. 서해안의 갯벌과 염전을 찾아다녔고, 신안 증도의 소금박물관에서 레지던시 작가의 전시를 봤습니다. 〈소금 같은, 예술〉이라는 전시의 제목처럼 소금 같은 예술의 가능성을 생각합니다.

지금은 부여 홍산면의 한 여관입니다. 저도 처음 와 보는 곳인데, 아주 작은 시골 마을이에요. 그날그날 일정이 어찌 될지 몰라 예약을 안 했더니 숙소가 마땅치 않더군요. 시내 숙소는 모두 만실이라 부여에서도 구석에 있는 마을의 여관에 들어왔어요. 오래된 여관을 잘 단장해서 분위기가 꽤 괜찮습니다. 엘리베이터가 없어 3층까지 짐을 끌고 오느라 조금 힘을 쓰긴 했지만요. 주변에 온통 다방과 다실이 있어서 내일 아침에는 다방에 가려고 합니다. 편의점 두 개를 제외하고는 제가 기억하는 40여 년 전의 시골 읍내 모습이 엿보여 기분이 참 묘해요. 농협과 신협이 있는 걸 보니 어쩐지 한때는 훨씬 번화했던 마을이었을 것이라 짐작하게 됩니다. '홍산'은 부여의 옛 지명이란 사실을 조금 전에 알았어요.

그나저나 그사이 발리에 다녀오고 해남에도 가셨군요. 범선님의 짝꿍이 발리에서 살았던 이야기를 두 분의 책에서 읽은 기억이 납니다. 만난 적은 없지만 책을 통해 어쩐지 아는 사람이 된 듯한 기분이 들어요. 무척 좋은 시간이었으리라 상상해봅니다. 저는 발리에 가본 적 없어요. 딱히 관심이 없었는데 두 분의 글을 통해 발리가 점점 더 궁금해지고 있습니다.

실은 지난 편지를 보내고 난 후에 약간 후회했어요. 편지를 제 날짜에 보내려고 애를 쓰다 보니, 제가 정신적으로 무척 힘든 시기였음이 고스란히 드러나더군요. 무거운 이야기들 속에서 혹시 당혹스럽지 않았을까 우려가 되었습니다. 그즈음에 저는 심리상담센터를 찾아 마구 터져 나오는 인생의 고름을 수습하며 마음을 가라앉히려고 애를 썼습니다. 몸과 마음이 무너지기 직전이라 처음으로 심리상담이란 걸 받았답니다. 네 차례 상담을 받고 획기적으로 마음이 확 달라지진 않았으나 조금은 나아진 부분이 있습니다. 아니, '나아진' 건 없습니다. 다만 나 자신에 대해 다르게 생각해봤습니다. 상담 선생님은 제가 책임감을 크게 느끼는 사람이라 하더군요. 사람이 당연히 그래야 하지 않느냐고 반문하니 나의 '당연히'가 꼭 '당연히'는 아니라는 겁니다. 그럴 수도 있겠지요. 그러나 살아 있는 인간이 또 다른 살아 있는 생명에게 책임감을 느끼지 않을 수도 있다는 게 어떤 상태일까요. 솔직히 잘 모르겠습니다. 우리 집 환자는 여전히 병원에서 힘겨워하고 있는데 저는 제 일과 가족 돌봄 사이에서 줄타기를 합니다. 오랜만에 집을 떠나며 다른 가족에게 미안했습니다. 이런 마음을 가진 인간은 소위 큰일은 못할지 모르겠습니다. 그러나 제 곁의 사랑하는 사람들을 지키는 것이 저에겐 중요합니다.

강낭콩, 감자, 호박, 가지, 옥수수 등 많은 작물을 거두는 시기라 요즘은 먹거리가 많습니다. 남의 땅 귀퉁이에서 식구들 먹을 먹거리를 기르던 아버지의 텃밭도 아마 내년에는 반토막이 날 것으로 보입니다. 땅 주인이 땅을 판다고 해서요. 우리 땅은 아니어도 그동안 그 작은 땅에서 얼마나 많은 먹거리를 길러냈는지 모릅니다. 그 먹거리를 다시 주방에서 음식으로 전환시키는 일을 하느라 저는 손발이 바빴습니다.

요즘 제철인 감자, 가지, 파프리카가 딱 지삼선 재료라 집에서 지삼선을 만들었는데, 대충 해도 맛있네요. 아직 지삼선을 만들어보지 않았다면 한번 시도해보세요. 저는 비교적 간단한 방법으로 만들었지만 맛있었어요.

더운 여름에 집에서 기름 사용하는 요리를 하는 일은 생각보다 그리 간단하지 않아요. 일단 덥거든요! 애호박을 썰어 넣은 감자전을 좋아하지만 집에서 감자전 하나 부치는 것도 각오가 필요해요. 감자를 강판에 가는 수고는 덤이고요. 이런 요리를 하다 보면 환기를 위해 창문을 열어야 하지만 너무 더워서 에어컨을 틀고 싶어지죠. 결국 문을 닫고 에어컨을 틉니다. 아, 에어컨!

예전에는 내가 과연 집에 에어컨을 설치하지 않고 언제까지 버틸 수 있을까 생각했지요. 도저히 무더위를 견딜 도리가 없어 저도 2019년에 에어컨을 샀어요. 2019년 7월 20일에 처음 에어컨을 틀었습니다. 올해는 7월 2일에 처음 에어컨을 틀었습니다. 더위가 더 빨리, 더 강하게 오는지 에어컨을 트는 날짜가 빨라지고 있어요. 여름이면 눈에 띄게 늘어나는 전력 소비 때문에 심란합니다. 그래도 우리 집 에너지 사용은 다른 집의 마이너스 40퍼센트로 나오는데, 우리 집의 전년도 사용 전력과 비교하면 조금씩 사용량이 늘어나는 게 보여요.

늘어나는 에너지 사용량을 보며 비건이란 무엇인가, 생태와 환경을 생각한다는 게 무엇인가, 근본적인 질문

불행을 함께 겪을 의무

제철 채소들로 만드는
지삼선

1. 감자, 가지, 파프리카, 당근, 양파, 파를 준비합니다. 저는 세 가지
   주 채소를 감자, 가지, 파프리카로 했지만, 입맛에 따라 다른 채소로
   바꿔도 돼요.
2. 각각의 재료를 먹기 좋은 크기로 잘라놓습니다.
3. 얇게 썬 감자를 기름에 부칩니다.
4. 1센티미터 두께로 썰어놓은 가지에 전분을 묻히고, 기름에 부칩니다.
   저는 튀긴다고 하기에는 기름을 많이 쓰지 않아, '부친다'가 적당하겠
   어요.
5. 송송 썰어둔 파로 파기름을 냅니다.
6. 적당히 파기름이 나왔을 때 미리 부쳐놓은 감자, 가지와 함께 썰어
   둔 파프리카, 당근, 양파를 섞고 볶습니다.
7. 볶으면서 간장이나 소금, 연두 등으로 간을 합니다. 입맛에 따라 후추
   를 약간 뿌려도 좋아요.

이 계속 떠나지 않습니다. 무척 어려워요. 점점 더 어렵고 생각이 복잡해집니다. 예를 들어 소금 하나에도 온 세상의 질문이 숨어 있는 것으로 보입니다. 신안군의 여러 섬을 돌아다니는데, 섬의 곳곳에는 태양광발전 이익배당금 지급을 알리는 현수막이 걸려 있었습니다. 또 다른 지역에 가면 '태양광 절대 반대' 현수막이 걸려 있습니다. 아무 상관이 없어 보이는 소금과 태양광의 관계가 점점 보이더라고요. 신안은 유네스코 생물권 보전 지역입니다. 갯벌의 생태적 중요성은 물론이고, 이곳의 천일염도 유명합니다. 소금 투어를 했던 범선님은 아마도 소금의 사정에 대해 저보다 잘 아실 겁니다. 소금은 자연의 선물일지 모르나 자연에 속한 소금을 인간이 활용하기 위해서는 엄청난 노동이 들어가지요. 가혹한 노동을 이어가야 하는 염전보다는 태양광 시설 설치를 선호하는 염전 소유주들이 늘어나고 있습니다.

빛과 소금. 인간에게 꼭 필요하고 중요한 것을 이를 때 '빛과 소금'이라 표현합니다. 모두 자연이지요. 하지만 그 어떤 것도 인간의 노동을 거치지 않고 '공짜로' 에너지가 되지는 않습니다. 전기차도 탄소 배출에 초점을 맞추면 친환경이지만 배터리가 어디서 오는지를 생각하면 사정이 달라집니다. 아프리카의 리튬, 코발트 광산은 멀리 있어서 그곳에서 벌어지는 아동 착취는 보이지 않습니다. 저는 에너지 전환의 중요성에 적극적으로 동의하면서 동시에 에너지 소비 자체를 줄여야 한다고 생각해요. 에너지 사용은 줄이지 않으면서 전환만 해서는 결국 착취의 구조를 빠져나갈 수가 없으니까요.

　　에너지를 생산하는 지역과 소비하는 지역의 불일치는 부유한 나라가 가난한 나라를, 도시가 지역을 착취하는 구조를 만들어갑니다. 농가에 점점 늘어나는 태양광발전소나 해안가에 늘어나는 거대한 풍력발전소를 저는 편하게 생각할 수 없습니다. 주민 각자의 이해 충돌로 공동체가 갈등을 빚는 일도 생기거든요. 실제로 저희 부모님이 사는 동네가 그렇습니다. 태양광 패널 설치를 두고 주민 간의 입장이 달라서 '반대파'와 '찬성파'가 서로 자기 쪽으로 사람을 끌어들이려 합니다. 그런데 에너지는 지방이 아니라 서울에서 훨씬 많이 소비하지요. 정작 에너지를 많이 소비하는 서울에서는 이러한 갈등을 겪지 않습니다. 저는 이 점이 무척 마음 아프고 답답합니다. 전기든 물이든 에너지 생산을 두고 이런저런 정치적 분쟁이 일어나고, 그로 인해 마을 공동체가 불화를 겪는 건 지방이니까요.

　　저는 에너지 소비 자체를 줄이기 위해 지금보다 훨씬 더 '과격한' 방향으로 인간의 생활 방식을 전환해야 한다는 생각이 들어요. 물론 우리 개인만이 아니라 이 사회의 정치가 그 전환에 앞장서야 합니다. 개개인의 순간순간의 무책임과 외면이 모여 시대의 경향을 만들기도 하겠지만, 이러한 경향을 주도하는 것이 정치이고 또한 제대로 진단하는 것도 정치의 역할이라는 점은 부인하기 어렵죠. 그런데 여전히 '멸공'을 말하며 북한을 끌어들이는 정치가 횡행하는 모습을 보니 갈 길이 멀어 보입니다.

　　이런 생각을 하면 속이 터지지만, 손으로 식재료를 하나하나 만지며 음식을 만들다 보면 약간 머리가 정리되기도 합니다. 제게 음식을 만드는 시간은 이처럼 노동과 명상을 오갑니다. 옥수수 껍질을 벗기고 수염을 뜯어내 옥수수를 찝니다. 옥수수수염도 버리지 않고 차를 끓여 마셔요. 제가 어릴 때 신장염을 앓아서 옥수수수염차를 많이 마셨습니다. 제게는 고마운 차랍니다.

　　차를 끓이고 난 뒤에도 바로 버리지 않고 수염을 걸러내어 그 수염으로 설거지를 하니 좋더군요. 엄마가 알려줬어요. 아버지 말로는 예전에는 먹고 난 옥수숫대를 잘 말려서 등긁개로 썼다고 합니다. 무엇 하나 버리는 게 없던 시절이겠죠. 잘 버리고 잘 사는 시대에 노인의 생활 방식은 구질구질하게 여겨지기 쉽죠. 저는 오히려 그들의 삶을 보며 잘 버리는 우리의 삶이 정작 내던지고 있는 게 뭘까 생각합니다. 소비자본주의 사회에서 늙음은 빠른 속도로 낡음이 됩니다. 저는 나이 든 사람들의 옛날 생활 방식을 눈여겨봅니다. 그들의 삶이 함부로 낡음으로 취급받지 않도록 주의해야 한다고 생각해요. 실제로 그들의 '구질구질함'이야말로 친환경이거든요. 어쩌다 마신 음료수병 하나 쉽게 버리지 않습니다. 친환경 굿즈를 살 게 아니라 지금 내 옆에 있는 사물 하나하나를 잘 쓰는 게 중요하겠죠.

참, 베란다에서 키우던 샐러리와 바질이 얼마 전 다 죽었습니다. 샐러리에 진드기가 생겨서 도저히 감당이 안 되더군요. 진드기를 발견했을 때 초반에 잘라냈어야 했는데 괜히 아깝다고 이리저리 털어내다가 전부 못 쓰게 되었습니다. 바질을 키우니 그 향이 정말 좋았는데 이번에는 또 무슨 연유인지 점점 말라가더니 결국은 죽었어요. 이렇게 작은 화분조차 키우기 어려운데 그 수많은 먹거리가 우리에게 오기까지 얼마나 많은 수고가 들어갈까요.

책임지는 인간이 되고 싶어서 혼자 살 때도 늘 알로에 하나라도 키우려고 애를 썼어요. 알로에는 상대적으로 키우기 쉬워요. 하지만 부끄럽게도 식물과 함께 살기에 자주 실패했습니다. 식물과 살려고 했지 벌레와 살겠다고 생각한 적은 없는데, 식물과 살다 보면 심심치 않게 벌레와 마주합니다. 꽃이 피지 않고 먹을 수도 없는 식물이 실내에서 함께 살기에는 가장 편하더군요. 꽃이 필수록, 먹을 수 있는 식물일수록 벌레가 꼬여듭니다. 인간에게 보기 좋고 맛 좋은 건 벌레들에게도 보기 좋고 맛 좋은가 봅니다. 벌레도 먹고 살아야겠지요.

저는 갈수록 책임에 대해 생각합니다. 세상에서는 무책임이 자유의 동의어처럼 유통되기도 해서요. 책임감은 어느덧 억울함의 배경처럼 취급받습니다. 무책임은 많은 문제들을 외면하게 만들지요. 알기 싫은 것들을 외면하며 책임에서 벗어날 '자유'가 자유는 아닌데, 어쩐지 제 눈에는 책임감이 이 자유의 외피를 두른 무책임에 밀려나고 있는 것으로 보입니다.

예술도 마찬가지입니다. 어떤 책임을 공유할 수 있을까요. 저도 시간이 지날수록 예술 전반에서 탄소 배출량을 최소화하는 매뉴얼을 고민하게 됩니다. 기후위기 시대의 예술, 식량위기 시대의 예술에 대해서요. 그 고민이 바로 소금 같은 예술을 만들 것이라 생각합니다.

저는 프랑스 철학자 시몬 베유Simone Weil의 많은 글을 읽었습니다. 그의 실천은 제가 감히 따라잡을 수 없지만, 많은 생각에 공감해왔습니다. 베유의 《중력과 은총》을 읽으며 저는 이 문장에 적극적으로 동의했답니다.

"사람은 스스로 불행해질 권리가 있듯이, 한정된 범위 내에서이긴 하지만 타인의 불행도 함께 겪을 의무가 있다."

불행을 함께 겪을 의무

베유가 말한 '불행을 함께 겪을 의무'는 바로 '고통의 연대'라고 생각합니다. 그것이 책임감입니다. 베유는 '타인의 불행'이라 했지만, 저는 오늘날 '타인'의 범주는 베유의 시대보다 훨씬 넓어져야 한다고 봅니다. 뜨거운 태양 아래에서 노동하는 염부의 고통, 나아가 사람의 고통뿐만 아니라 갯벌을 기어다니는 작은 흰발농게가 처한 멸종 위기까지 말입니다.

요즘은 이주노동자의 노동 착취를 다룬 《깻잎 투쟁기》를 읽으며 분노하는 중이랍니다. 우리의 밥상이 수많은 고통을 외면하며 차려지고 있습니다. 우리의 편지가 오갈 시간이 이제 얼마 남지 않았는데 어쩐지 저는 점점 더 격하게 분노하고 있군요. 아마도 수습되지 못할 분노겠지요.

2022년 7월 30일
부여군 홍산면 삼층여관에서
라영 드림

방학 숙제를 미리미리
해야 합니다

전범선

홍수로 불어난 호수를 보며, 라영님께

부여에서 보내신 편지를 읽으며 여관 풍경을 상상했습니다. 저는 편지를 처음 받았을 때 한번 읽고, 보름이 지난 후 편지를 쓸 때 다시 한번 읽습니다. 그때랑 지금이랑 감회가 또 다릅니다.

그새 난리가 있었죠. 홍수가 크게 났습니다. 양반들의 음반 〈바람과 흐름〉이 발매되기 전날이었어요. 공교롭게도 타이틀곡 제목이 '물놀이'입니다. 발매 날 홍보차 아리랑티비에서 자그마한 공연을 했는데요. 물난리가 난 마당에 "높은 데서 낮은 데로 좁은 데서 넓은 데로 얕은 데서 깊은 데로 막힌 데서 뚫린 데로 흘러간다" 하고 노래를 부르려니

심란했습니다. 홍대에서 공연을 마치고 곧바로 고비건포럼
에 참석하려 강남구 역삼동으로 이동했어요. 저녁 여덟 시
쯤 강남역 일대를 지나는데 마치 재난 영화 속에 들어온 기
분이었습니다. 행사를 취소해야 하나 싶을 정도로 비가 많
이 내리더라구요.

      이 비의 이름은 태풍도 장마도 아닌 기후위기라는
것을 다들 조금씩 체감하는 것 같아요. 둔감했던 이들도 강
남 한복판에서 사람이 맨홀에 빠져 숨지는 사건을 보며 무
언가 잘못되었다는 확신을 갖습니다. 언론에서도 전 지구적
인 기상이변을 적극 보도합니다. 프랑스를 비롯한 유럽에서
는 가뭄이 심각해 보입니다. 미국은 백악관 앞에 벼락이 떨
어져서 사람이 죽고, 데스밸리 사막과 라스베이거스에 홍수
가 났네요. 평균 기온이 1퍼센트 상승하면 벼락이 치는 확
률은 12퍼센트가 올라간다고 합니다. 도미노가 무너지는
것 같아요. 하나가 바뀌니 우르르 예상치 못한 전개가 이어
집니다. 기후변화가 기후위기가 되었고, 이제 기후재앙으로
우리를 덮칩니다. 당연히 코로나보다 훨씬, 훨씬, 훨씬 심각
한 문제입니다. 과학자들은 30년 전부터 경고했고, 유엔도
동의했습니다. 하지만 대한민국 정부의 대응은 코로나 대응
만도 못합니다. 계속 미루고만 있지요.

      방역의 핵심은 조기 진압입니다. 그래프의 곡선을

납작하게 유지하는 것입니다. 초기에 대응을 잘못하면 나중에 더 고생합니다. 코로나가 처음 창궐했을 때 정부가 누누이 강조했습니다. 스스로 성공 사례라고 자부하면서 'K-방역'을 외쳤습니다. 그런데 기후위기에 대해서는 정반대 전략을 취합니다. 2050년까지 탄소 배출량 넷제로net zero를 목표로 한다지만 실제로는 2021년에 오히려 증가했습니다. 나중에 2030년대, 2040년대에 가서 부지런히 줄이겠다는 태도입니다. 다음, 다다음, 다다다음 정권이 알아서 하겠지.

저는 방학 숙제를 자주 비유로 듭니다. 지금 대한민국은 제가 초등학생 때 방학 숙제를 하던 태도로 기후위기에 대응하고 있습니다. 선생님이 시키고 친구들이 한다니까 나도 하긴 해야겠는데, 솔직히 별로 중요한 것 같지도 않고 귀찮으니까 계속 미룹니다. 있는 석탄발전소를 없애도 모자랄 판에 새로운 석탄발전소를 국내에도 국외에도 짓습니다. 이런 행동의 결과는 우리 모두가 알고 있습니다. 마지막 날에 고생합니다. 몰아서 한꺼번에 하느라 하루 종일 숙제만 붙잡고 있습니다. 그러다 결국 다 못 해서 혼쭐이 납니다. 차이가 있다면 기후위기에는 문명의 존속이 걸려 있다는 것입니다. 2049년에 몰아서 한다고 해결될 일이 아닙니다.

이미 2015년 파리협정 당시 예상했던 것보다 더 빠른 속도로 이상 기후가 발생하고 있습니다. 매년 세계 탄소 배출량이 줄기는커녕 증가하고 있기 때문입니다. 시베리아와 그린란드의 영구동토층이 녹으면서 그 속에 얼어 있던 메탄가스가 분출되고 있습니다. 그러면 온난화가 가속화되고 얼음은 더 녹습니다. 지구 표면의 하얀 부분이 줄어드니 반사되는 햇빛양도 줄어 지구는 더욱 가열됩니다. 아마존과 호주에 산불이 나니까 숲이 사라지고, 숲이 사라지니 탄소 흡수량이 줄어서 온난화가 빨라집니다. 이처럼 예측할 수 없는 연쇄 반응이 일어납니다. 피드백 루프(되먹임 고리)가 작동합니다. 스피커 앞에 마이크를 두면 작은 소리를 먹고 내뱉고 다시 먹고를 반복하면서 무한히 커집니다. 귀를 찌르는 굉음이 나지요. 마찬가지로 기후위기도 기하급수적으로 심각해집니다. 저는 그래서 '2050년 넷제로'는 너무나도 위험한 도박이라고 생각합니다. 2025년을 목표로 해도 모자랄 판입니다.

코로나에 대응하듯이 해야 합니다. 그래야 나중에 겪을 부자유를 최소화할 수 있습니다. 백신을 미리 맞아두어야 도시 봉쇄를 피할 수 있듯이, 지금부터 탄소 배출 그래프를 꺾어두어야 미래에 일상을 조금이나마 지킬 수 있습니다. 기후위기의 가장 큰 위협은 식량 안보와 난민 문제, 그리고 기후 독재입니다. 홍수와 가뭄, 산불과 폭설이 지금보다 잦아지면 식량 생산이 크게 불안해집니다. 해를 거듭할

수록 날씨는 더욱 이상해질 것입니다. 지금도 세계 80억 인구 중 10억 명이 식량 부족에 시달리고 있는데, 앞으로 이 숫자는 커질 수밖에 없습니다. 프랑스에서는 그 유서 깊은 포도 농사가 망해서 와인 생산에 큰 차질이 생겼습니다. 사실 농부들은 10여 년 전부터 기후위기 직격탄을 맞고 있었습니다. 땅에 가까울수록 지구의 변화에도 민감할 수밖에요. 당장 경작하는 작물이 바뀝니다. 보성 녹차는 옛말이고 이제는 고성 녹차입니다. 도시에 살면, 특히 서울에 있으면 땅과 멀어집니다. 아스팔트를 깔고 고층 빌딩 위에 사니, 기후위기는 남 말입니다.

　　　이번 홍수를 계기로 서울시가 지하와 반지하 집을 없앤다고 합니다. 저희 양반들의 해방촌 작업실 '토굴'은 지하입니다. 해방촌은 남산 자락에 위치한 비교적 고지대입니다. 그런데 토굴은 언덕과 평지가 만나는 지점에 있습니다. 비가 오면 항상 물이 고이고 여름마다 침수 피해를 겪고 있어요. 건물주가 매번 와서 펌프로 직접 물을 퍼내고 유지 보수를 해주지만, 근본적인 문제가 해결되지는 않습니다. 이번 물난리 때 피해를 본 음악가가 많습니다. 대부분 월세가 저렴하고 방음이 쉬운 지하에서 작업을 하기 때문이죠. 악기가 망가져도 보상받기 힘듭니다. 저는 하루빨리 지하를 나오고 싶습니다. 그러나 서울에서 로큰롤 밴드가 연주할 수 있는 지상 작업실은 정말 구하기 힘듭니다. "내년에는 꼭 이사가야지!" 다짐하면서 물을 퍼낸 것이 벌써 3년째입니다. 내년에는 꼭 옮겨야지!

저는 지금 신월리에 와 있습니다. 마을 체험관 다락 방에서 편지를 씁니다. 이 건물은 군부대 생활관 느낌이 나요. 저희 마을에 '농촌 체험 휴양'을 하러 오시는 손님들이 묵는 숙소입니다. 아직 폐교 관사를 고치지 못해서 여기서 지냅니다. 엊그제 행정안전부 지방소멸대응기금이 풀렸습니다. 매년 1조 원을 써서 인구소멸 지역을 살리려고 합니다. 그중 4분의 1인 2500억 원이 강원도로 옵니다. 강원도는 다른 지자체에 비해 인구도 더 적고 소멸 속도도 심각합니다. 폐교와 빈집이 많습니다. 그래도 인제는 군인이 많아서 비교적 낫습니다. 인구소멸 위험지역은 아니고 관심지역입니다. 앞으로 신월리가 대표적인 청년 마을 사례가 되었으면 하는 바람입니다. 군청 담당자분과 통화했는데 "보령 머드 축제에 버금가는 인제 비건 축제를 만들어보자"고 하십니다. 드디어 유의미한 변화가 시작되는 것 같아 흡족합니다.

지난번에 왔을 때는 소양호가 바싹 메말라 있었습니다. 바닥이 보일 정도였어요. 서울에서는 물이 잘 나오니까 체감하지 못했습니다. 그러나 신월리에서는 매일 호수가 마르는 게 보입니다. 마을 주민들은 가뭄을 걱정하면서 얼른 비가 오기를 바랐습니다. 그런데 이번에는 호수가 범람했습니다. 호숫가로 가는 길이 물에 잠겨서 아예 접근도 못합니다. 어디서 왔는지 쓰레기가 물가에 가득하고 악취가 진동해요. 저희 마을의 가장 큰 자랑이 바로 소양호 풍경인데, 가슴이 아픕니다.

그래도 폐교를 단장하고 소들을 맞이할 생각을 하면 기뻐요. 인제 풀무질과 인제 토굴을 구상 중입니다. 폐교에서 책도 읽고 음악도 연주할 겁니다. 그러고 보니 서울 풀무질도 지하입니다. 왜 저는 하는 것마다 말 그대로 '언더그라운드'인지 모르겠어요. 풀무질은 다행히 올해는 비가 안 샜습니다. 3년 만에 처음이에요. 공사를 미리 해둔 덕입니다. 그래도 지하는 싫습니다. 인제에서는 더 양지바르고 지속가능한 보금자리를 마련하고 싶습니다.

기후위기 대응의 정량적 목표는 '탄소 배출 제로'지만, 정성적 목표는 지구와 하나되기입니다. 지구라는 행성을 우리 모두의 유일한 집이자, 하나의 생명체로 인식하는 것입니다. 지구 살림을 집안 살림처럼 여기고, 가이아를 어머니로 대하는 것입니다. 하지만 그러기에 서울이라는 도시는 너무 땅과 괴리되어 있습니다. 잠실 롯데타워를 보면 바벨탑이 떠올라요. 남성의 성기처럼, 제프 베이조스Jeff Bezos

방학 숙제를 미리미리 해야 합니다

의 로켓처럼 하늘로 치솟은 그 건물은 근대 문명의 이상향과 병폐를 오롯이 보여줍니다. 롯데 시그니엘의 꼭대기에서 겪는 기후위기는 신림동 반지하나 신월리 호숫가에서 마주하는 참상과 같지 않습니다. 기후위기는 그래서 불평등하고 부정의합니다. 화석연료 산업과 공장식 축산업은 여전히 막대한 수익을 올립니다. 자본은 멈추지 않고 국가는 통제하지 않습니다. 우리가 뒤늦게 사태의 심각성을 깨닫고 대응하려 할 때는 에코 파시즘의 득세를 막기 힘들 수 있습니다. 기후위기를 빌미로 국가가 국민의 자유를 상당히 억압할 것입니다. 이미 중국은 그렇게 하고 있습니다.

100년 전 독일 바이마르 공화국이 생각납니다. 그때는 제국주의 전쟁과 그로 인한 대공황이 가장 큰 위기였죠. 하지만 자유주의 체제는 특성상 급진적인 대책을 내지 못했습니다. 그렇게 유야무야 버티다가 1933년 나치당이 정권을 잡았습니다. 자유주의를 없애겠다고 공언한 정당이 민주적으로 선출된 것입니다. 저는 2033년에 에코 파시스트 정당이 득세할까 봐 무섭습니다. 위기 대응에 취약한 자유주의의 약점을 너무나도 잘 알기 때문입니다. 전시 상황에는 독재 정권이 유리합니다. 일사불란하게 전체를 동원해서 난관을 극복할 수 있으니까요. 코로나 방역도 전쟁과 같았지요. 저는 거리두기와 영업 제한과 마스크가 갑갑하니다. 더 두려운 것은 코로나를 겪으며 우리가 이러한 부자유에 익숙해졌다는 사실입니다. 기후위기 대응은 코로나보다 더 큰 전쟁이고, 더 큰 부자유를 수반할 것입니다. 그것을 막기 위해서는 지금 당장 탄소 배출량 그래프를 납작하게 만들어야 합니다. 방학 숙제를 미리미리 해야 합니다.

　　9월 24일 기후정의행진이 열립니다. 3년 전 대학로에서 열렸던 기후위기비상행동에는 5000명 정도 모였습니다. 저도 동물해방물결과 참여했습니다. 코로나 때문에 못 하다가 드디어 다시 모입니다. 이번에는 2만 명 이상을 목표로 하고 있습니다. 홍수로 불어난 호수처럼 행진의 규모도 커지면 좋겠습니다. 기후위기의 진행 속도보다 우리의 대응 속도가 빨라지기를 간절히 기원하지만, 솔직히 너무 늦었습니다. 저는 행진에서 힘을 얻고 싶습니다. 어떤 재앙이 닥치더라도 살아가려면 서로 의지해야 합니다. 이번 8월 27일 동물권행진의 슬로건은 "우리 함께 살자"로 정했습니다. 생존과 공존, 삶과 살림의 행진입니다.

　　라영님의 마지막 편지 속 '수습되지 못할 분노'를 기대합니다. 아마 저의 마지막 편지에는 회복하지 못할 희망이 담길 것 같습니다. 절망과 분노로 점철된 서간문이지만, 우리의 우정은 긍정적이라고 느낍니다. 아마도 예술의 힘이 아닐까 싶어요. 라영님이 남도를 헤매며 발견한 〈소금 같은, 예술)이, 제가 물난리 속에 발매한 〈물놀이〉가 우리를 살아가게 합니다. 지난 편지를 읽고 당혹스럽지는 않았습니다. "타인의 불행도 함께 겪을 의무가 있다"는 시몬 베유의 말에 동의합니다. 다음 보름달이 뜰 때까지 모두 안녕하길 빕니다.

2022년 8월 18일
인제군 남면 신월리 달뜨는마을 체험관에서
범선 모심

덜 고통스럽게
멸종하려면

이라영

그래도 희망을 가지고 범선님께

맞아요. 저도 그 생각을 했어요. 〈물놀이〉 노래를 즐길 틈도 없이 물난리가 났어요. 부여에서 돌아온 지 얼마 되지 않아 부여에 수해가 났습니다. 작업실이 침수되었다니, 게다가 해마다 겪는 일이라니. 진짜 이사하고 싶겠어요. 그런데 이사만으로 해결되는 문제가 아니라 더욱 답답하겠지요.

루아르강과 라인강이 바닥을 드러내는 모습을 보고 어이가 없었는데 멀리 있는 일이 아니었습니다. 소양호도 말라가고 있군요. 하긴, 제가 산책 다니는 동네 개천도 눈에 띄게 가물어가요. 이곳에 처음 왔던 4년 전과 확연히 다릅니다. 비가 내릴 때만 물길이 보이고 평소에는 물이 점점 줄어서 바닥을 드러낼 때가 많아졌어요. 그러고 보면 아주 천천히 강이 말라가고 있었다는 생각이 듭니다. 제가 어릴 적 수없이 놀러 갔던 양양 남대천은 지난 수십 년간 서서히 물이 줄었거든요. 차를 타고 지나갈 때마다 남대천이 말라가는 게 보였어요. 연어가 돌아오는 곳이며 은어가 많은 양양 남대천 하구는 제 기억 속에 무척 아름다운 곳입니다. 어릴 때 보고 강과 바다가 만나는 곳이 이렇게 생겼구나, 이게 교과서에서 배웠던 삼각주구나, 하면서 무척 감탄했지요. 물론 지금처럼 생태관광로로 '정비'가 되기 전에요. 둘레길을 만들어 산책하기 편해지니 '관광'하기에 훨씬 좋아졌지만, 자연 그대로의 강 하구의 모습에서 느껴졌던 경이로움은 그만큼 줄었습니다.

현재 우리 땅도 가뭄과 폭우가 교차하며 기후위기의 심각성을 드러내고 있지만 어쩐지 기후위기는 여전히 많은 사람들에게 '일상'의 문제가 아닌 것 같습니다. 특히 농어민들이 체감하는 '위기'를 도시에서는 뚜렷한 재난이 닥치기 전에는 인식하지 못한다는 게 안타까워요. 기후위기를 알리는 사진으로 작은 얼음 위에 홀로 앉아 있는 북극곰의 모습을 수없이 보았습니다. 이런 사진이 기후위기를 우리 일상의 문제로 인식하게 만들 수 있을지 의문이 들곤 했지요. 오히려 기후위기를 우리의 일상이 아닌 저 멀리 있는 비인간

생명체가 겪는 문제로 착각하게 만들진 않을까요. 말 그대로 '남의 일'. 코로나는 '나도 걸릴 수 있다'는 생각에 모두 조심했는데, 기후위기는 아무리 말해도 피부로 느끼지 못하는 듯합니다.

저는 갈수록 미디어의 기만에 분노하고 있어요. 광고에서 점점 비건이나 동물복지, 친환경 등 '좋은 말'로 기업 이미지를 포장합니다. 넘쳐나는 치킨 광고들은 이제 맛만이 아니라 동물권까지 고민하는 척해서 헛웃음이 나올 지경입니다. 국내 최초로 '동물복지 인증' 닭을 사용했다고 광고하는 치킨. 이때 강조되는 복지는 사실상 인간을 위해서죠. 상생을 강조하는 또 다른 치킨 광고에는 커다란 닭 뒤로 노란 병아리가 따르는 장면이 나옵니다. 치킨 광고에서 '상생'과 '동물복지'를 말하다니, 기가 막히고 코가 막힙니다. 노예제도하에서 노예 복지를 말하는 격입니다.

미디어를 관찰해보면, 소위 '예능'에서는 기후위기를 적극적으로 무시하는 듯합니다. 늘어나는 골프 예능도 저는 무척 이상해 보여요. 인구 밀도가 높고 물 부족인 나라에서 넓은 땅에 물을 엄청나게 많이 쓰는 골프를 예능 방송으로까지 보여줄 일인지요. 이렇게 대놓고 시대에 역행하는 '예능'이 범람합니다.

또한 텔레비전에는 먹는 인간이 가득합니다. 먹기

의 '예능화'는 식문화뿐 아니라 식탁 예절까지 위협한다는 생각이 들어요. 먹는 인간들이 입을 쩍 벌리고 음식을 집어 삼키거나 과장된 감탄사를 내뿜는 모습을 쉽게 만납니다. '면치기'라는 말이 언제부터 생겼는지 모르겠어요. 면을 후르륵 후르륵 시끄럽게 먹고, 큰 덩어리 음식을 한입에 먹는 걸 마치 먹음직스럽게 먹는 것처럼 다루더군요. 저는 보기가 몹시 거북해요. 게다가 각종 먹는 방송에는 정말 육식이 많이 나옵니다. 온갖 음식에 치즈를 끼얹어요.

이런 분위기 속에서 '혼닭'처럼 닭과 관련한 신조어가 늘어났어요. 나물 반찬을 집어 먹으면서도 이름을 전혀 모르는 사람들도 고기를 부위별로 읊어댑니다. 한편 '덖다'라는 단어를 모르는 사람들이 많더군요. 주로 곡물이나 잎 등의 수분을 없애기 위해 볶는 것을 말하는 단어죠. 찻잎을 만들 때 덖어서 만듭니다. 고기에도 적용할 수 있는데 굽는 요리가 늘어난 탓인지 '육즙을 가두고'라는 말은 많이 들을 수 있는 반면 '덖다'라는 어휘는 잘 모르더군요.

치킨, 한우, 한돈 광고는 물론이고 밥솥 광고에도 고기가 등장합니다. SNS에도 유난히 불판 위에 올려진, 혹은 올려지기 직전의 붉은 살을 드러낸 고기들을 전시합니다. "고기 먹자" 혹은 "고기 사줄게"라는 문장은 위로를 건네는 말로 쓰입니다. 보상과 뇌물로 여자를 주고받는 남성연대 사회처럼, 인간 사회는 '고기'라 부르는 동물을 인간 사이에서 그렇게 주고받습니다. "기분이 저기압일 때는 고기 앞으로 가세요"라는 말은 전혀 웃기지 않아요.

먹는 행위가 예능의 소재가 되면서 문화가 풍성해진다기보다는 오히려 더욱 자극적이 되어갑니다. 텔레비전에서 '먹방계 스타'나 연예인들을 통해 보여주는 먹는 행위만 살펴봐도 먹는다는 게 무엇인지 생각하지 않을 수 없어요. 중국처럼 먹방을 금지시키는 정책은 과격하고 비민주적이지요. 그러나 이대로 먹는 방송이 넘쳐나도 괜찮은지 고민은 해야 하지 않을까요. 정말 이렇게 먹어도, 이렇게 먹는 장면을 과하게 구경해도 괜찮은 걸까요. 적어도 저는 무척 불쾌합니다. (참고로 국내 18세 미만 급식 지원 대상자가 약 30만 명에 이릅니다.)

먹방에서 주인공은 음식도 사람도 아닙니다. 먹는 행위 그 자체지요. 이때 '함께 먹기'에 대한 예절 따위는 우스워집니다. 과시적 먹기가 우리를 압도합니다. 먹기는 그저 ASMR에 집중하는 콘텐츠가 되어 버리죠. 먹방에 등장하는 음식에는 문화도 노동도 없어요. 말 그대로 '먹거리'일 뿐입니다. 이 먹거리를 먹어치웁니다. 먹방은 음식에 연결된 많은 자연적·사회적 요소들을 가린 채 오직 식탁 위에 완성된 음식과 입만 보이게 합니다. 연결되고 순환하는 일이 아니라 오로지 제 위장에 음식을 넣고 입으로 쾌락을 즐기는 현장이 되어버리죠. 함께 먹기를 상실한 채 오직 음식과 나만 있는 식탁입니다.

　　혼자서 12인분을 먹는 젊은 여성이 '바디프로필'을 찍는 걸 보고 먹방이 정말 기만적이라는 생각이 들었습니다. 젊고 날씬한 여성의 먹방을 소비하는 현상은 분명히 좋아 보이지 않아요. 한여름 땡볕 아래에서 일하는 사람들은 결코 하지 않고 할 필요도 욕구도 없는 선탠을 비노동자가 하는 것과 같은 맥락입니다. 야외에서 노동하지 않는 사람에게만 그을린 피부가 '건강미'가 됩니다. 마찬가지로 '뚱뚱한' 정체성에서 자유로운 사람은 어마어마하게 먹어도 "자기 관리를 못한다"는 비난을 피해 갈 수 있습니다. 운동으로 만든 몸은 자기 관리의 징표로 여겨지지만, 먹는 행위로 돈을 벌어 몸을 만드는 데 돈과 시간을 들일 수 있기에 가능한 것입니다.

　　젊은 여성일수록 인기 있는 먹방 유튜버가 되는데, 실제로는 남성들이 먹방을 더 많이 본다고 합니다. 2021년에 나온 먹방에 대한 논문에 따르면 남성일수록, 20~30대일수록 먹방 시청 시간이 길었습니다. 인기 있는 먹방 유튜버는 젊은 여성인데 먹방 시청 시간은 젊은 남성일수록 길다는 사실이 생각할 거리를 던져주네요. 먹방은 단순한 자극을 넘어 많은 사회적 현상을 보여줍니다. 정작 우리의 밥상은 오르는 물가로 점점 더 난감해지고 있는데 말이죠.

우리의 밥상이 '글로벌'하다는 사실은 요즘 러시아의 우크라이나 침공 사태로 여실히 드러나고 있지요. 전쟁으로 수출이 막혀 밀과 옥수수 등의 가격이 치솟으며 전 세계에 영향을 끼치고 있습니다. 식용유의 가격이 오르니 "치킨 한 마리 3만 원이 현실로"라는 기사가 속속 등장합니다. 한국에서 '치킨'은 단지 닭을 뜻하는 영어 단어가 아니라 닭을 튀긴 음식을 이르는 말로 통하지요. 이 치킨은 광범위하게 사랑받습니다. 저는 온전히 동의하기 어렵지만 때로 '서민' 음식이라고도 합니다. 그래서 치킨의 가격 상승은 한우보다 더 민감한 반응을 불러옵니다. 배달까지 해주는 치킨이라는 음식이 3만 원 아래라니 오히려 놀랍습니다. 양계장의 닭이 치킨이 되어 가정에 도착하기까지 수많은 노동력이 들어가기 때문이죠. 우리가 싸게 먹으려고 할수록 누군가의 노동력이 착취당하고, 결국 '함께 먹기'는 더욱 어려워지지 않을까요.

저는 요즘 내 식대로 쉽게 만드는 애호박고추장찌개와 팔보채에 빠졌습니다. 지난 도쿄 올림픽에서 안산 선수가 양궁 3관왕 후에 "애호박찌개가 먹고 싶어요"라고 해서 그때 처음 들어봤어요. 전라도 쪽에서 많이 먹나 봐요. 지난번 영광의 어느 식당에서 애호박찌개를 보고 얼른 시켰는데 돼지고기가 들어 있더군요. 그래서 집에 돌아와 내 식대로 다시 만들어봤는데, 돼지고기 없어도 맛있어요. 느타리버섯을 넣으니 좋더군요.

팔보채라고 이름 붙인 각종 채소찜. 이것도 만들기 편하고 맛있어서 좋아요. 집에 있는 이런저런 채소들을 썰어 냄비에 차곡차곡 쌓아서 물 없이 그냥 익히는 거예요. 적당히 익었을 때 잘 섞어서 덜어 먹으니 제 입에는 딱이었어요. 기름을 쓰는 요리를 가급적 피하고 싶은 저에게 요즘 이보다 더 좋은 게 없더군요.

몇 년 전까지도 아침이면 빵에 버터를 두툼하게 얹어 먹던 저는 버터를 끊으면서 빵도 덜 먹게 되었습니다. 그래도 여전히 빵에는 눈길이 가요. 요즘은 빵집에도 비건 빵이 늘어나고 있어요. 'NO 계란, NO 버터, NO 우유'라고 적혀 있는데, 그래서 무엇을 넣었는지는 적혀 있지 않더라고요. 제가 직접 제빵을 해보면서 '무엇을 빼느냐'보다는 '대신 뭘 넣을까'가 더 중요하다는 생각이 들었어요. 비건 식사가 정말 알면 알수록 다채로운데, '동물성 식품을 안 먹는다'는 사실에 처음부터 너무 거부감을 가지는 사람들이 많아 안타까워요. 저는 빼기의 비건이 아니라 더하기의 비건을 지향합니다. 그래서 이런저런 음식을 만들 시간을 더 확보하려고 애써요. 피곤하면 아무것도 하기 싫거든요.

9월 24일 기후정의행진을 저도 기다립니다. 기후는 오락가락하는데 사람들은 제철음식을 먹으려고 해요. 가을이면 늘 "집 나간 며느리도 돌아온다"며 전어의 맛을 강조합니다. 모욕적인 말이죠. 집 나간 며느리는 전어 때문에 돌아오지는 않을 겁니다. 스스로 먹고살 길을 찾겠죠. 저는 가부장제 속에서 비거니즘은 가능하지 않다고 생각합니다. 철저하게 어떤 존재를 착취하며 지속하는 제도니까요.

인류가 언젠가는 멸종하겠지요? 작년에 국립중앙박물관에서 〈호모 사피엔스〉 전시를 보니 결국 우리도 멸종을 향해 가겠더군요. 그러나 살아 있는 동안 막 살 수는 없지요. 어떻게 덜 고통스럽게 멸종할 수 있을까 생각했습니다. 아마도 지금까지 저는 '예술의 힘'에 의지해왔던 것 같습니다.

냉소를 좋아하지 않습니다. 분노가 올바른 행동으로 이어지려면 희망을 품어야겠지요. 강릉 부모님의 마당 냥이인 봄과 여름이가 출산을 했어요. 봄이는 봄에, 여름이는 여름에. 그런데 봄이의 아이들이 어느 날 갑자기 사라졌어요. 삼월, 사월, 오월이라 이름까지 지었는데 말이죠. 이름 붙이고 정도 붙이려 하면 이렇게 사라지는 아이들이 생겨요. 그게 싫어서 이름도 가급적 늦게 짓고 정들지 않으려고

비건이라 더 맛있는
애호박찌개

1. 다시마와 건표고로 채수를 우려냅니다.
2. 팔팔 끓으면 감자와 양파를 넣습니다.
3. 다진 마늘, 매실액을 섞은 고추장을 넣습니다. 고추장이 맵고 텁텁할
   수 있으니 된장을 약간 섞어도 괜찮아요. 김칫국물을 넣어도 좋습니다.
4. 채 썬은 애호박을 넣습니다. 입맛에 따라 큼직하게 썰어 넣어도 좋
   아요. 표고버섯을 조금 추가하면 맛있습니다.
5. 참기름을 조금 넣고, 썰어놓은 두부와 파를 넣고 조금 더 끓인 뒤 마무
   리합니다.

간단하고 건강한
팔보채 채소찜

1. 집에 있는 여러 가지 채소를 빨리 소비하고 싶을 때 좋습니다. 버섯,
   애호박, 당근, 양파 등 각각의 재료를 손가락 하나 크기로 썰어둡니
   다. 건두부나 언두부, 연근 등이 들어가면 더 맛이 풍부해요.

2. 채소들을 냄비에 차곡차곡 쌓습니다. 이때 전분이 많은 재료는 바닥
   에 들러붙을 수 있으니 밑바닥에 두지 않는 게 좋아요. 버섯이나 호박
   처럼 수분이 많고 금박 익는 재료들은 위로 올려두어, 익으면서 채즙이
   아래로 스며들게 합니다.

3. 매실청, 간장, 맛술, 참기름을 한 숟가락씩 얹으며 계속 익힙니다.

4. 재료들이 적당히 익었을 때 불을 끄고 잘 섞어 완성합니다. 입맛에
   따라 들깻가루나 통깨, 후추 등을 추가해도 좋습니다.

애쓰지만 그 또한 쉽지 않네요. 헤어지더라도 그저 사랑할 수밖에요. 그래서 여름이의 아이들은 유월, 칠월, 팔월이 될 겁니다.

추석이 다가옵니다. 올여름은 어쩐지 금방 사그라든 느낌이에요. 음력이 계절을 더 정확하게 반영한다는 생각이 들어요. 곧 무과화가 한창이겠어요. 감자와 메밀 이야기로 시작한 우리의 편지가 사계절을 지나 다시 햇감자가 주방에 쌓여 있는 시기로 돌아왔군요.

2022년 8월 31일
김포에서
라영 드림

숨과
쉼

전범선

숨을 쉬며, 라영님께

한 주를 앓아누웠어요. 추석 연휴에 춘천에 갔는데 오한과 발열이 있더라구요. 처음에는 코로나인 줄 알았어요. 오미크론에 걸렸을 때의 증상보다 약하긴 한데 비슷하더라구요. 금방 열이 사라지고 기침만 남길래 다 회복했다 싶었어요. 그때 쉬지 않았던 것이 실수였죠. 강원도와 전라도를 오가는 일정을 소화했어요. 오른쪽 가슴에서 난생 처음 보는 수포가 올라오더군요. 곧장 병원에 갔더니 대상포진이라네요. 과로해서 면역력이 떨어졌기 때문이랍니다. 대상포진치고는 심각하지 않은 수준이고, 아직 젊으니까 잘 먹고 푹 쉬면 금방 낫는다고 해요. 그래도 많이 놀랐습니다.

진단을 받고 나서는 일주일 정도 푹 쉬었어요. 이렇게 아무것도 안 하고 잠만 잔 것이 얼마 만인지 모르겠어요. 하루에 열두 시간 이상 잤어요. 포진이 있는 부분이 욱신욱신 쑤셔요. 3초에 한 번씩 누가 바늘로 찌르는 것 같아요. 극한의 고통은 아닌데, 계속 아프니까 신경이 예민해지네요. 일을 할 수 있는 상황은 못 되고, 눈을 뜨면 얼른 밥이랑 된장국 정도를 차려서 먹어요. 약을 먹으려면 밥을 먹어야 하니까요. 된장국은 정말 위대해요. 몸이 아프니까 어떤 음식이 내게 좋은지 직감으로 알 수 있어요. 오늘 아침에는 어제보다 훨씬 통증이 심하더니 오후가 되니 잦아들었어요. 그래서 힘을 내어 편지를 씁니다.

하루 종일 누워서 저의 몸이 대상포진 바이러스와 싸우는 광경을 실시간으로 목도하니 오만 생각이 다 들어요. 코로나19가 처음 발발했을 때, 저는 인간이야말로 지구에 창궐한 바이러스라는 비유를 많이 들었어요. 기후생태위기를 자초한 인간 중심주의에 경종을 울리기 위한 수사법이었죠. 영산강에 뉴트리아가 너무 많다면서 생태계 교란종 운운하지만 사실 지구에 갑자기 폭발적으로 늘어난 종은 인간이잖아요. 지구의 입장에서 인간의 위치를 가늠해볼 필요가 있어요.

그런데 제가 웃통을 벗고 항바이러스 연고 '아시클

로버'를 바른 후, 비스듬히 누워서 대상포진 부위를 관찰하니 이게 단순한 수사법은 아니라는 생각이 들어요. 열이 났을 때부터 저의 몸은 바이러스와의 전쟁을 벌이고 있었던 거지요. 제가 몸의 신호를 제대로 읽지 못했을 뿐, 이미 추석 당일부터 온몸이 자기 조절 시스템을 가동하고 있었어요. 찌릿찌릿한 고통은 바이러스가 신경 섬유에 손상을 입혀서 발생하는 것입니다. 말하자면 전쟁의 참상이지요.

제임스 러브록James Ephraim Lovelock의 가이아 이론에서 비슷한 이야기를 해요. 지구를 '가이아'라는 하나의 거대한 유기체로 보면, 기후생태위기란 결국 가이아가 자기 조절 시스템을 가동한 결과라는 거죠. 대상포진 바이러스가 증식하기 때문에 열이 나고 통증이 생기듯이, 인류가 증식하기 때문에 기후변화와 생태 파괴가 있습니다. 바이러스 증식이 통제 가능한 수준으로 잡히기 전까지는 계속 몸에 이상 반응이 있겠죠. 울긋불긋 수포가 올라오고 간지럽기도 합니다. 인류 증식이 통제 가능한 수준이 되기 전까지는 지구에도 계속 이상 기후가 발생할 겁니다.

인류가 바이러스라면 지구가 숙주겠죠. 대상포진 바이러스 같다면 차라리 다행입니다. 숙주를 죽이지는 않을 테니까요. 적당히 괴롭히고 잠복해 있다가 면역력이 떨어지면 다시 활개치겠지요. 저는 인류가 오히려 암세포에 가깝지 않나 싶어요. 무섭게 자가 증식해서 결국 숙주의 생명력을 앗아갈까 봐 두렵습니다. 지구가 죽지는 않겠지만, 지구를 풍성하게 하는 생태계가 파괴되겠죠. 인류가 바이러스인지 암세포인지, 유익균인지 유해균인지는 우리에게 달렸습니다.

포스트휴머니즘 연구자들은 콤부차로 비유를 많이 하더라구요. 포스트휴먼이 되는 것은 콤부차가 발효되는 것과 비슷합니다. 나누어서 지배하는 근대 문명의 이분법적인 패러다임을 벗어나, 아울러서 나아가는 생명 문명의 새로운 존재 방식이죠. 개발과 착취가 아닌 상생과 협력, 무한 성장보다는 무한 성숙을 지향합니다. 저는 이왕이면 콤부차보다 된장이 더 좋습니다. 항아리에서 100년 넘게 숙성해도, 오히려 숙성할수록 더 깊어지는 그 맛! 숙주를 죽이기는커녕 함께 풍요로워집니다. 저는 대상포진 바이러스나 암세포보다는 된장이고 싶습니다. 누룩곰팡이처럼 지구와 하나되어 새롭게 공진화하고 싶습니다.

지난주, 해남에서 뜻깊은 조우를 했습니다. 오리지널 '살림이스트' 현경 교수님을 만났어요. 오래전부터 에코페미니즘의 관점에서 '살림'을 설파하셨던 분이죠. 제가 농담 반 진담 반으로 에루화헌에서 '풍류연구회'를 발족할 거라는 소문을 듣고 서울에서부터 찾아오셨어요. 첫 번째 회원이 되어주셨습니다. 저랑 짝꿍은 정말이지 영혼의 구루를 만난 느낌이었어요. 원래 뉴욕에서 학생을 가르치시는데, 코로나 때문에 온라인 수업으로 전환된 참에 한국으로 거처를 옮기셨어요. 풍류신학을 연구하러 오셨다고 합니다. '한, 흥, 정'을 키워드로 한국 영성을 정의하고 신명나는 살림의 미학을 퍼뜨리는 분이에요. 《결국 아름다움이 우리를 구원할 거야》라는 저서의 제목처럼 아주 유쾌하셨어요.

현경님과 함께 열댓 명이 둘러앉아 풍류를 논했어요. 풍류라고 하면 주로 남성의 전유물로 생각하지만, 풍류도의 원류는 화랑도이고 화랑의 전신은 '원화'라는 여성 중심 단체였다고 해요. 신라 시대 초기까지 종교 의식에서 여성이 차지하는 위치를 보여주지요. 현경님의 카카오톡 닉네임은 'MagoGoddess'예요. 하늘님 아버지를 섬기기 전에 인류가 모시던 땅님 어머니. 가부장제의 반대는 가모장제가 아니라 모계 중심 사회라는 현경님의 말씀이 기억에 남습니다. 인간 중심주의의 반대는 지구 중심, 가이아 중심, 그러니까 마고 중심주의겠지요.

각자 돌아가면서 자신에게 풍류란 무엇인지 이야기했어요. 저에게는 양반들과의 연주지만, 누군가에게는 차 한 잔의 여유이기도 하고, 또 누군가에게는 춤사위였어요. 어쨌든 풍류란 말로 연구하는 게 아니라 몸으로 수행하는

것이라는 의견이 채택되었어요. 그 자리에서 '풍류연구회'
는 '풍류회'로 이름이 바뀌었습니다. 그때 어느 요가 수행자
께서 한마디 하셨어요. "저에게 풍류란 숨인 것 같아요." 정
신이 맑아지는 소리였습니다. 저는 그전까지 풍류를 '바람
과 흐름'으로 번역했고, 그래서 이번 이피 음반 제목도 그리
지었어요. 그런데 풍류를 '바람의 흐름'으로 해석하니 그것
은 결국 숨이더라구요. '사람이나 동물이 살아 있는 상태를
이어가기 위해 끊임없이 코나 입을 통해 공기를 들이마시고
내쉬는 일. 또는 그렇게 하여 지속되고 있는 생명.' 숨이란
모든 중생이 살아 있음, 즉 생존을 지속하기 위해 하는 노동
이자 생명 그 자체이기도 해요. 바람을 들이마시고 내쉬는
일. 바람의 흐름을 온몸으로 느끼는 일이야말로 풍류의 본
질이 아닐까요. 그래서 모든 요가 및 수행은 호흡에 집중하
는 것부터 시작하죠. 사실 노래하는 일도 결국 숨을 쉬는 방
식에 불과합니다.

　　다시, 대상포진 바이러스를 바라보는 저의 마음으
로 돌아옵니다. 찌릿찌릿한 통증이 있을 때마다 저는 숨을
쉬려고 노력해요. 호흡을 가다듬으면 조금은 나아집니다. 쉰
다는 것, 쉼은 결국 숨에 집중하는 행위예요. 제가 며칠 푹 쉬
었다고 말할 때는 밥 먹고 잠 자고 숨 쉬는 것 말고는 딱히
하지 않았다는 뜻입니다. 잠을 자는 것도 따지고 보면 누워

서 숨만 쉬는 일이죠. 쉼은 숨입니다. 다시 말해 풍류지요.

　　발효도 결국 숨입니다. 처마 밑에 걸어놓은 메주는 공기 중의 포자를 만나야 된장이 됩니다. 숙성을 위해서도 바람의 흐름이 필수입니다. 항아리는 분명 숨을 쉽니다. 쉰 밥은 버려야 하지만 항아리에서 잘 쉰 콩은 귀한 된장이 되기 마련입니다. 저는 가슴팍의 대상포진을 내려다보며 잘 쉬었습니다. 어쨌든 저것도 내 몸의 일부이거늘, 곱게 보기가 쉽지 않습니다. 인간을 바라보는 지구의 마음도 그렇겠지요. 힘겨울 때마다 코로 숨을 크게 들이쉬고 입으로 천천히 내쉽니다.

　　말세가 종말이 되지 않고, 기후생태위기를 통해 인류가 성숙하려면, 크게 숨을 쉬어야 합니다. 그만 나다니고 좀 쉬어야 해요. 살아 있음을 지속하기 위한 일, 생명의 본질에 집중할 때입니다. 인간이 쉬어야 지구도 아프지 않아요. 코로나가 창궐했을 때 잠시 공항이 봉쇄된 적이 있었죠. 도시가 멈추니 야생동물이 돌아오고 탄소 배출도 급감했습니다. 지구가 숨을 쉬는 것 같았어요. 하지만 그것도 잠시, 산업 문명은 다시 풀가동 상태입니다. 숨 가쁜 나날이 지속됩니다. 기후생태위기를 극복하려면 코로나 때보다 훨씬 푹 쉬어야 합니다. 바람의 흐름에 집중하면서 뭇 생명과 함께 공진화할 수 있는 밸런스를 찾아야 합니다. 균형이 깨지면 발효는커녕 썩어버립니다. 100년 넘은 간장도 있다지요. 저는 10년 묵은 된장을 먹어봤는데, 확실히 다르더라구요. 생명을 오래 지속하려면 환경과의 조화 속에서 숨을 잘 쉬는 것이 중요합니다. 아, 다시 통증이 올라오네요.

'원 헬스one health'를 이야기할 때, 인간과 동물과 환경의 건강이 하나로 연결되어 있다고 강조하죠. 저는 동물을 살리는 채식이 지구도 살리고 사람도 살린다는 사실이 처음에는 참 신기했어요. 동물해방이라는 윤리적인 이유로 비건이 되었기 때문에, 채식이 나의 건강에 도움이 되는지는 딱히 중요치 않았거든요. 육식을 하지 않아도 건강하게 살 수 있다는 정도만 확인했습니다. 하지만 이제는 지구에게 좋고 생명에게 좋은 것이 나에게도 좋다는 진리가 너무나도 당연하게 느껴집니다. 우주의 이치인 것 같아요.

열두 번의 편지가 오가는 동안 정말 많은 일이 있었어요. 양반들은 지리산과 해남에 다녀오면서 첫 이피를 발매했고, 동해물은 인제군 신월리와 연이 맺어져 보금자리를 짓기 시작했어요. 다음 주면 저는 양반들과 캘리포니아로 떠납니다. 조슈아 트리Joshua Tree 국립공원에서 사막의 풍류를 즐기려고 해요. 제가 미국에 있는 동안 소들은 신월분교로 이사 올 예정입니다. 지난 편지 이후에 보금자리지기가 되실 부부를 찾았어요. 자연농으로 자급자족하며 살기 위해 올해 캐나다에서 귀국한 비건 가족입니다. 이보다 적임자가 있을까요. 9월 초에 신월리를 방문하시더니 곧바로 9월 말 입주를 결정하셨어요. 뜻이 통하면 무엇이든 일사천리로 진행되는 법입니다. 쉬어야 한다고 해놓고 그새 일 이야기를 늘어놓고 있네요. 하지만 저에게는 모두 숨통이 트이는 소식입니다.

지난 1년을 되돌아보면서 저는 새 희망을 품습니다. 라영님을 와우북페스티벌에서 만났을 때는 상상만 했던, 아니 상상도 못했던 일들이 벌어졌어요. 지리산에서, 해남에서, 인제에서, 조슈아 트리에서 새 바람과 새 흐름을 감지합니다. 양반들과 태평양을 건널 줄 누가 알았으며 머위, 메밀, 미나리, 창포, 부들, 엉이의 보금자리가 생길 줄 누가 알았겠어요. 지기 가족은 세 살, 다섯 살 아이도 함께 있어요. 꼬마 둘이 신월분교를 뛰노는 모습을 보았습니다. 3년 전 폐교된 학교에 다시 생기가 돌았어요. 이장님 얼굴에도 미소가 떠나질 않았습니다. 소를 살리려고 시작한 일이 벌써 학교를 살리고 마을을 살리기 시작했어요. 덩달아 저도 신이 나고 흥이 나요. 신명과 살림의 한바탕입니다.

마지막 편지를 쓰는 마음은 의외로 홀가분합니다. 곧 다시 만나리라 믿어요. 그때까지 푹 쉬세요. 저도 잘 쉬겠습니다. 고생 많으셨어요. 우리 모두 아프지 않았으면 좋겠어요. 서간문은 끝이지만 라영님과의 인연은 이제 시작이라 믿습니다.

2022년 9월 23일
해방촌에서
전범선 모심

에필로그
살리는 사람들

전범선

누군가와 편지를 주고받는 일은 무척 낭만적이다. 서간문이라는 장르 자체가 낭만주의 문학의 대표 형식 아닌가. 내가 좋아하는 셸리의 《프랑켄슈타인》도, 괴테의 《젊은 베르테르의 슬픔》도 편지다. 미국 대학교에 다닐 때 3년간 장거리 연애를 했다. 그때 애인과 편지를 많이 주고받았다. "누구에게"로 글을 시작하면 괜히 더 애틋하다. 불특정 다수를 독자로 상정할 때보다 훨씬 세심해진다. 고민하여 꾹꾹 눌러 담는다. 이라영 작가와의 서간문을 출판사에서 제안했을 때, 걱정도 있었지만 기대가 앞섰다. 한 달에 한 번씩, 1년간 편지를 주고받는다니? 오랜만에 설레는 프로젝트였다.

그런데 막상 첫 편지를 받고 답장을 쓰려니 쉽지 않았다. 이라영 작가와 나는 '정치적 올바름'에 입각한 글쓰기를 주로 하는 사람들이다. 각각 페미니즘과 비거니즘에 관해 써왔다. 남을 꼬집는 게 직업이다. 그런 둘이 대화를 나누니 매우 조심스러웠다. 혹시나 실수를 할까, 정치적으로 올바르지 않은 표현을 쓸까, 자기검열을 하게 됐다. 시쳇말로 '시혜남', 시스젠더 헤테로섹슈얼 남성인 나는 페미니즘을 논하는 것 자체가 도전이다. 비거니즘을 지향하지만 비건은 아닌 이라영 작가는 채식이나 동물권에 대해 말하는 것이 부담스럽다. 스스로 완벽하지 않다는 걸 알기에 서로 상대방의 눈치를 봤다.

각자 열두 통씩, 총 스물네 통의 메일이 오갔다. 바랐던 만큼 로맨틱하지는 않았다. 둘 다 사랑으로 세상을 보려고 노력하지만, 매일같이 차별과 폭력을 마주하는 사람들이었기 때문이다. 편지의 내용은 자성과 비판이 주를 이뤘다. 기후생태위기라는 거대한 절망 앞에서 서로를 위로했다. 그래도 삶의 불씨를 지펴주는 것은 예술이었다. 이라영 작가는 좋은 전시를 많이 소개해주었고, 나는 양반들과 음악을 만드는 이야기로 답했다. 보름달이 돌아올 때마다 서신을 띄우는 것이 일종의 '리추얼Ritual'이 되었다. 지난달의 내 삶을 비추는 달님과도 같았다.

2021년 9월부터 2022월 9월까지, 그리고 책이 출간되기까지 많은 변화가 있었다. 대통령이 바뀌었다. 그보다 중요한 변화가 내 안에 있었다. 밴드 '양반들'과 풍류를 찾아서 세계를 떠돌았다. 지리산, 해남, 캘리포니아 조슈아 트리, 태국 코사무이. 산과 바다, 사막과 섬을 다니며 수련했다. 그 과정에서 조화와 상생, 오행순환의 원리를 체득했다.

동물해방물결에서는 소 보금자리를 만들었다. 인천시 불법 목장에서 구조한 다섯 명의 소들을 강원도 인제군 남면 신월리 달뜨는마을에서 보호하고 있다. 소들을 살리다 보니 축산업자의 도움을 받을 수밖에 없었다. 법적으로는 우리도 소 농장주가 되었다. 축산업 철폐를 외치는 단체가 축산업자가 된 것이다. 생명을 살리는 일은 역설적인 조화, 모순적인 상생이다. 상대방을 고소, 고발해서는 불가능한 일이 공경과 경청으로 가능해진다. 같이 잘 먹고 잘 사는 쪽으로 이야기해야지 너 죽고 나 살자는 식으로 하면 될 일도 안된다. 다 먹고 살자고 하는 일이다.

생명 살림의 언어와 논리가 익숙해지자 세상을 보는 관점이 바뀌었다. 나와 너, 우리와 그들을 나누는 모든 이분법을 경계하게 되었다. 비건과 논비건, 페미니스트와 안티페미니스트도 마찬가지다. 애초에 인간과 동물, 여성과 남성을 나누는 차별에 저항해 뛰어든 운동 아닌가? 그러나 비건과 페미니스트로 살면서 점점 세상을 선악 구도로 보게 되었다. 고기를 먹는 사람과 안 먹는 사람, 여성을 혐오하는 사람과 혐오하지 않는 사람. 저쪽 편과 우리 편, 나쁜 팀과 착한 팀으로 인간을 구분한다. 그러다 보면 연대가 힘들다. "저 사람은 생태주의자라면서 왜 고기를 먹지?" "비건인데 왜 이렇게 '빻은' 말을 하지?" 사랑과 평화, 조화와 공존을 위한 운동이 오히려 우리를 단절시키고 고립시킨다.

　　한국의 페미니즘, 비거니즘 운동은 2016년 이후 급속히 커졌다. MZ 세대로 호명되는 나의 또래 친구들은 대부분 그때쯤 비건과 페미니스트가 되어 지금까지 운동을 이어오고 있다. 7년 가까이 지나니 다들 지쳤다. 다들 번아웃, 소진 상태가 되어 '탈조선'을 꿈꾼다. 끝없는 검열과 공격으로 몸도 마음도 상한다. 무엇보다 운동을 지속할 힘이 없다. 같이 살고, 살리자고 하는 건데 내가 죽게 생겼다. 도덕적 순결성을 좇다 보면 결국 실패한다. 세상을 나와 너, 우리와 그들로 나누는 이상 제자리걸음이고 도돌이표다.

　　기후생태위기를 생각하면 더 이상의 구분은 무의미하다. 지구라는 우리 모두의 유일한 집안에서 뭇 생명은 한 식구, 한 살림이다. 생명은 태어난 이상 다른 생명에게 빚지고 산다. 인간은 사실 태어나지 않는 것이 진정한 친환경이다. 완전무결한 존재는 없다. 지구 살림을 위해서는 다 같이 한마음 한뜻으로 달려들어도 될까 말까다. 시간이 별로 없다. 젠더 갈등과 세대 간극을 넘어서 힘을 모아야 한다. 각자의 부족함을 인정하는 포용적인 분위기가 필요하다. 혐오와 차별에 맞서는 사랑과 연대의 운동에서는 오직 지구가 참된 '나'이고 모든 지구 생명체가 '우리'다.

우리는 죽임의 문명에 살고 있다. 가부장제와 육식주의, 자본주의와 인간 중심주의는 모두 생명을 죽이는 방식으로 작동한다. 하나로 연결된 우리를 나누고 가두고 옮기고 죽인다. 남북 분단, 좌우 대립, 계급투쟁의 뿌리는 같다. 여성과 남성, 기성세대와 청년세대, 인간과 비인간 존재를 나누는 것도 마찬가지다. 죽임의 메커니즘이다. 파편화되고 분자화된 우리는 연결을 회복해야 한다. '만사지식일완萬事知食一碗'이라는 말이 있다. 세상만사의 이치가 밥 한 그릇에 담겨 있다는 뜻이다. 뭇 생명의 연결성을 자각하는 지구 살림의 시작은 밥상에 있다. 하루 세 번, 몸 안에 모시는 생명을 통해서 땅과 바다와 하늘을 품는다.

이라영 작가와 나의 대화는 결국 먹고 사는 이야기로 귀결된다. 나는 비거니즘을 채식주의가 아닌 '살림'으로 번역한다. 엄밀히 말하면 육식 반대가 아닌 죽임 반대다. 살림이 비거니즘의 본질이기 때문이다. 불교의 불살생과 같다. 비건이냐 비건 지향이냐, 페스코냐 락토오보 베지테리언이냐 따위의 구분은 쓸모가 없다. 중요한 것은 생명을 살리는 일이다. 지구 살림을 집안 살림처럼 여기는 마음이다.

살리는 사람들, 살림하는 사람들이 뭉치면 세상이 바뀐다. 죽임의 문명을 넘어서는 힘이 생긴다. 살리미, 살림꾼들이 권력을 잡으면 국가 경제가 나라 살림이 된다. 무한 성장 대신 지속가능성을 목표로 한다. 나는 이 책이 지구 살림을 위한 연대의 가능성을 보여주었으면 한다. 기후생태위기에 맞서는 페미니즘과 비거니즘의 조화. 살리는 맛이 담긴 식탁에 둘러앉아 이야기를 나누고 싶다. 이라영 작가와 내가 그렇게 만났다. 살리는 마음으로 차린 우리의 식탁에 여러분을 초대한다.